Photo, Poem & Essay

내 마음의 여유(餘裕)를 찾아

장현경 수필집

엘리트출판사

마음의 여유(餘裕)를 찾는다

나이가 들수록 마음의 여유를 얻으려 우리는 예술을 찾는다. 자연의 맑은 감성을 노래하는 음악, 마음의 휴식을 주는 그림, 감동을 주는 책 읽기를 떠올린다.

수필을 사진으로 나타내면 그 느낌이 어떨까? 아마 새롭지 않을까? 수필을 붓 가는 대로 썼을 때의 기쁨과는 또 다른 느낌이야. 수필을 시로 나타내면 이해가 빠르고 시간이 단축되지 않을까? 수필을 사진으로 나타내고 시로 표현하고 그것도 모자라 묘사나 해설까지 한다면, 독자가 그 수필을 더 읽어줄 게 아닐까?

'수필은 독백(獨白)이다.' '수필은 그 쓰는 사람을 가장 솔직히 나타내는 문학 형식이다.' '수필은 마음의 산책이다.'라고 했다. 시처럼 아름다운 향기가 있는 수필. 잘 찍은 사진과 함께 묶은 수필. 묘사와 해설이 있는 수필은 독자에게 조금이라도 더 가까이 가는 수필이 되지 않을까?

앞으로도 문화인들과 문학창달의 궁극적 정신을 통해 서로 다른 인생 이야깃거리를 나누며 수필이 사진으로 표현되고, 시(詩)로 나타나고, 묘사와 해설로 설명되는 수필집 한 권을 여기 다듬는다.

늘 따뜻한 마음으로 도움을 준 청향(淸香) 편집장과 친지, 이웃에게 감사드립니다. 나의 작품 편린(片鱗)을 만나는 존경하는 독자님들께 건강과 축복이 늘 함께하시기를 기원합니다. 아울러 청계문학 회원 여러분의 건승과 문운을 빕니다.

2022년 12월 청계서재에서

자정(紫井) 장현경(張鉉景) 삼가 씀

CONTENTS

3 따뜻한 봄날에 북해도를

4 만리장성에 서서

CONTENTS

5 서안 양귀비화

제1부

팍상한의 장관

깎아지른 듯한 수직 절벽에
달라붙은 열대 밀림들
여기저기 하늘에서 떨어지는
작은 폭포에 땀을 씻고
물보라를 맞으며
역류해 가는 막다피오강

선상 반란

초여름의 캄캄한 새벽 강남의 번화가 버스 정류장 앞에는 예의 관광버스가 기다리고 있었다. 차가운 밤공기에 몸을 움츠린 채로 차 문을 열고 들어서니 열댓 명의 여행객이 더욱 썰렁해 보였다. 대부분 긴 팔 잠바를 입고 있었지만 추운 기색이 역력했던 승객들은 누구 하나 운전기사에게 히터를 틀자고 주문하지 않았다. 묵호로 가는 도중 휴게소에서 왁자지껄 떠들어 안 추워 보였는지 얼마 안 가 아침 해가 떠오르자 한술 더 떠 운전사는 에어컨을 틀어 더 추웠다.

울릉도의 신비

평상시보다 일찍 일어난 데다 추위에 떠니 아마 감기가 들지 않을까 걱정스러웠다.

묵호에 도착하여 바닷바람에 터미널에서 문어와 붉은 생선 놀래미를 보니 비릿한 바다 냄새에 가슴이 더 뛴다. 바닷가로 나아가 동쪽 바다를 바라보니 '저 멀리 울릉도가 있겠구나'하는 생각이 들었다. 터미널 2층 식당으로 무거운 가방을 들고 올라가니 대부분 나이 드신 승객들이 힘들어하며 투덜투덜한다. 조반 시간이 빨라서인지 식당 직원이 별로 없어 많은 손님에게 상을 제대로 차릴 수가 없으니 식사도 하는 둥 마는 둥 신경질적이다. 어떤 승객은 매점에서 김밥이나 먹겠다며 먹다 말고 가족을 이끌고 내려갔다. 매점 앞에 모인 사람들 웅성웅성

"키미테가 좋아!"

하며 매점에서 사서 양쪽 귀 뒤에 붙인다.

날렵한 여객선

"나는 멀미가 심해"

하며 여러 개를 사는 아주머니 부작용을 모르는 듯 표정이 밝다.

이제 짐을 챙겨 배를 타려니 웬 여행객이 그렇게 많은지 수백 명은
되어 보인다. 서로 먼저 타려고 아우성치는 가운데 누군가가

"온통 할배 할매 뿐이네!"

하고 내뱉는다. 그렇다. 젊은 사람이라곤 별로 보이지 않고 보자기
로 싼 보따리, 끈으로 맨 비료부대, 명태 꾸러미를 그냥 들고 가는 승
객 등 별별 모습이 흥미롭기도 하다. 배의 크기에 비해 좌석은 왜 그
렇게 많아 보이는지 다 타니까 비좁고 퀴퀴한 냄새에 어수선하고 시
끌벅적하다. 자세히 보니 울릉도를 왕래하는 여객선들은 창문을 열
수가 없어 바다 내음과 섞여 역한 냄새가 향기롭게 느껴지기도 한다.
나중에 2층에 올라가 보니 한쪽에 우등석이 있어 알아보니 한 10%
정도 요금을 더 내면 된다고 한다.

도동항

좌석을 남김없이 다 채운 승객들 그래도 얼굴에는 울릉도 여행이 설렌 듯 생기가 있어 보인다.

"철썩! 철썩!" 배가 출렁거리며 수심이 너무 깊어 보여 으스스하다, 서서히 출발하는 배 날씨가 맑다고 하니 독도도 가보겠구나! 배가 천천히 항구를 떠나자 사람들이 창문에 매달려 구경을 한다. 한쪽에선 아저씨 아줌마 몇몇이 배가 울렁거리자 즐거운 듯 춤을 추며 노래도 부른다. 한 20분이 지나 바다 깊은 곳에 이르자 약간의 바람에 배가 일렁이기 시작한다. 승객들도 찬 바닷바람이 싫은지 모두 자리에 앉고 잠을 청하는 사람, 독서를 하는 사람 등 화장실도 다 갔다 왔는지 "폭풍 전의 고요"처럼 파도 소리가 예리하게 들릴 정도로 조용하다. 시간이 조금씩 지나자 파도 소리가 더욱더 세차게 들리고 배가 더욱더 일렁이니 승무원들이 알고 있다는 듯 비닐봉지 같은 것을 들고 서성거리기 시작한다.

이윽고 한 아주머니가 코를 감싸며 손을 드니 여승무원이 비닐봉지를 갖다 준다. 신음을 내며 토하기 시작한다. 이어 여기저기서 손짓을 하거나 "봉투! 봉투! 아가씨! 여기도!" 하며 난리들이다. 멀미하지 않는 사람들 처음에는 얼굴을 찌푸리더니만 곧 딱하다는 듯 도와주려는 분위기로 바뀐다. 건강한 사람도 울렁거리는 듯 불안한 기색이 역력하다. 이제 30여 분 지났는데 남은 3시간이 30시간처럼 느껴진다. 뱃멀미가 지옥처럼 느껴지는 것은 버스나 기차와 달리 도중에 내리지를 못하고 하선할 때까지 개선될 기미가 없기 때문이다. 약은 별로 없고 멀미는 점점 악화되어 간다. 아마도 승객의 20%는 위기일발 15%가 멀미를 하고 5%는 너무 괴로워 창문을 뚫고 배 밖으로 뛰어나가고 싶은 표정이다. 이는 풍속에 따라 2배 3배로 혹은 절반으로 상황이 전개될 수도 있다.

"내가 왜 이 배를 탔나! 으악! 악!" 정말 괴로워 보이며 어떤 이는 정신을 잃어 실신 상태다. 통로에다 구토하는 사람, 아무 곳에나 갈지자로 누워 버리는 사람, 제자리로 찾아가려다 옆자리에 구토물을 흘리는 사람, 걸어가다 중심을 잃어 넘어져 다치는 사람, 아이들은 죽는다고 계속 울어대고 한 할머니는 얼굴이 하얗게 질리고 움직이지 않아 승무원의 간담을 서늘하게 한다. 화장실은 아예 줄을 서 줄어들 줄을 모른다. 배 안은 널브러진 사람들과 신음으로 말 그대로 아비규환, 생지옥이다. 좀비 영화가 갑자기 머리를 스치자 수십 명이 옆에서 해대는 구토 냄새에 토가 나오려는 듯 얼굴이 화끈거리고 속이 메슥거린다.

이런 와중에 안경을 쓰고 의젓하게 독서를 하는 사람, 유난히 존경스럽기까지 하다. 준비된 사람도 있듯이 배 타기 전날에는 일찍 자지 말고 밤새도록 일을 하든지 춤을 추라고 한다. 비행기 탈 때도 이 방법을 써서 효과를 본다며 떠들어댄다. 끙끙 앓는 소리가 들리는지 마는지 배는 울릉도를 향해 줄기차게 달리고 있다. 텔레비전 화면에서는 007시리즈가 계속 나오고 한참 후 사람들이 웅성거리며 창문 쪽으로 다가간다. "승객 여러분! 멀미 때문에 고생 많으셨습니다." 화창한 날씨에 저 멀리 울릉도가 보이자 신음은 점점 멀어져가고 새로운 세상이 온 듯 표정이 밝아져 가고 있다

울릉도 바닷속 동굴

　드디어 작은 항구 도동에 들어서자 울릉도의 신비하고 아름다운 경치는 아랑곳없고, 노점상 할머니가
　"더덕즙이 뱃멀미에 특효약이여! 한 컵에 천원! 천원!"
　하신다.

　도동항에는 뱃멀미에 대한 특효약이 있긴 있다. 어느 약국에서 조제한 이 뱃멀미약은 웬만한 풍랑에서도 효과를 본다고 한다. 가게나 식당에서도 쉽게 구할 수 있다. 독도를 여행할 때는 근래 보기 드문 좋은 날씨인데도 기준치 이상으로 멀미약을 먹어 후회하는 사람도 있다. 울릉도 주민들은 육지에 갈 때는 상비약으로 챙기며 울릉도가 초행인 육지 사람들 전화하면 뱃멀미약 우송해 준다고 한다.

2

상하이 시대

　　　　바쁜 일정으로 중국을 여러 번 다녀왔지만, 다시 보는 거대한 중국, 그중에서도 서울보다 7배나 넓은 지역에 2,500만 명이 북적거리는 상하이의 고층빌딩과 고가도로에서 발전하는 대륙을 다시 한번 느낄 수 있는 기회였다. 탑승 수속을 거쳐 캄캄한 겨울 새벽 인천 공항에서 10만 명이 넘게 산다는 교포를 생각하며, 또 아편전쟁을 떠올리며 상하이행 비행기에 올랐다. 푸둥 공항에서 시내로 진입하며 차창 밖으로 경쟁하듯 뽐내는 각양각색의 고층 건물들이 제일 먼저 눈을 사로잡는다.

　　밤새도록 내린 비가 세상 먼지를 모두 씻겠다는 듯이 온종일 주룩주룩 내린다. 우리보다 한 시간 늦어지는 시계를 들여다보며, 난방장치가 별로인 버스로 외탄강 지하도를 달려 동방명주탑에 도착했다. 상하이의 상징건축물인 동방명주탑은 황푸강을 사이에 두고 만국 건축박물관으로 불리는 외탄과 마주하고 있다. 순식간에 263미터 전망대에 올라, 같은 모양의 건물을 찾아볼 수 없을 정도로 마천루 빌딩들이 숲을 이룬 시가지를 내려다봤다. 주변의 초고층 빌딩들이 어우러진 모습과 상하이시 전경이 지나가는 구름과 안갯속에서 영화처럼 펼쳐진다.

황푸강변의 만국 건축박물관

　여느 풍경이 여기처럼 아름다울 수가 있을까! 황홀하다. 사람들이
감탄사를 연발하고 있었다. 동방명주탑의 불빛은 컴퓨터 조작으로
다양하게 나타나 황푸강변의 진정한 야경의 극치를 보여준다. 탑 안
에는 갖가지 시설물이 있고 또 동방명주탑을 "상하이시 애국주의 교
육기지"로 명명했던 것을 보면, "한강 변에도 이런 건물 하나쯤" 하
고 생각해본다. 상하이가 여러 해 전에 30층 이상 건물이 3,000동
이라는 말을 들었는데 지금은 훨씬 더 늘었을 것이다. 비슷한 모양의
건축물은 찾기 어렵다고 하니 건축물을 감상하는 것만으로도 상하이
관광의 가치가 있다고 할 정도다. 금무대하는 동방명주와 나란히 상
하이의 아름다운 스카이라인을 형성하고 푸둥의 야경은 상하이에 최
고 마천루 경쟁을 더욱 부채질하고 있다.

다음으로 찾아간 곳이 상하이 하면 임시정부가 생각나는, 중국 속의 한국, 대한민국 임시정부청사다. 비가 부슬부슬 내리고 있었지만 비교적 깨끗하고 정리가 잘 되어 있는 아담한 3층 붉은 벽돌 전시관에서 김구 선생과 윤봉길 의사의 의거가 있었던 당시의 모습을 떠올릴 수 있었다. 임시정부청사는 한때 폐쇄 위기에 처하기도 했고 또한 좁은 도로 옆에 자리 잡고 있어서 언뜻 보면 쉽게 지나쳐버릴 수도 있을 만큼 초라하지만, 하루에도 수많은 한국 관광객이 찾는 명소이다. 신발을 벗고 들어가 기록영화도 보고 좁은 나무 계단을 오르내리며 독립운동의 흔적을 찾아 전시관을 구석구석 관람하였다. 입구에는 기념품을 파는 작은 매장이 있고 전시실에서의 사진 촬영은 금지되어 있었지만, 대다수 관광객은 카메라 플래시를 터트리고 있었다.

임시정부청사 유적지

루쉰공원으로 이동하여 한국인에게는 1932년 4월 윤봉길 의사의 의거 현장으로 기억되는 홍구 공원에 윤 의사의 항거를 기념하는 매정(梅亭)이란 이름의 생애사적 전시관이 만들어져 있다. 주위에 윤봉길 의거 현장이라고 새겨진 기념탑이 홀로 서 있어서 왠지 초라한 느낌이 들기도 하였다. 또한, 받침돌이 없어 외국인이 별생각 없이 발을 올려놓거나 기대어 앉는다고 하니 안타깝기 그지없다. 우리말이 서툰 안내원의 설명도 이채로웠다. 기념관에서 그 옛날 24살의 젊은 나이로 나라를 생각한, 순정한 영혼의 불꽃, 윤 의사의 애국정신 그리고 혼이 담긴 글과 사진을 보니 가슴이 뭉클해지고 마음이 아팠다. 가랑비가 오는 겨울 저녁 무렵인데도 태극권을 즐기는 상하이 시민이 드문드문 보여 흥미로웠다.

남녀 둘이서 줄타기 묘기

이어 어두워질 무렵에 도착한 곳은 상하이 서커스 공연장, 기기묘묘하고 아찔한 주변 광경에 감탄사가 연거푸 터져 나왔다. 공연장보다 주변 분위기가 더 좋았던 듯, 영하로 내려간 추운 겨울 날씨에 난방시설은 없고 출입문도 없어 문 쪽에 앉아있는 관람객은 구경보다는 추위와 싸워야 했다. 최근 120억을 투자한 공연 시설은 최신형으로 잘 되어 있어 예술 음악과 그림이 기예를 잘 받쳐주는 것 같았다. 잔잔한 선율에 아름다운 율동이 가미된 묘기가 더 가슴에 와닿았다. 원형의 철제 구조물 속에서 다섯 대의 오토바이가 서로 교차하면서 절묘하게 질주하는 것을 보며 다들 혀를 내두른다. 조그마한 오차가 있어도 큰 사고가 날 텐데, 정말 놀랍다. 그중에서도 곤봉 체조, 접시 돌리기, 세 사람의 아크로바트 파워, 균형 잡기 묘기, 훌라후프 수십 개로 허리 돌리는 묘기, 10여 개 의자를 거꾸로 쌓아 올라가며 멀구나무서기, 청춘 남녀의 줄타기 묘기, 날라서 원 통과하기 등 놀라움과 긴장의 연속이었다. 우리나라에는 이런 서커스단이 없는지.

소주 항주를 거쳐 바쁜 걸음으로 상하이의 또 하나의 상징인 외탄 야경을 보러 이동하였다. 밤이 되면 화려한 조명이 황푸강 제방을 비추어 건물을 더욱 아름답게 하고, 근처에 위치한 동방명주탑의 불빛이 외탄을 더욱 밝게 한다. 다양한 국가의 건축 양식이 모여 있어서 세계 건축박물관이라고 불리며 강 위의 유람선과 함께 동방명주탑을 배경으로 연방 사진을 찍는다. 배에서 내리니 모두 다 아쉬운 얼굴들. 유람 선상에서 본 그 불빛 천지개벽의 세상을 영원히 찬란하게 비추리라.

상하이 현대화의 상징이라 불리는 5.6km 거리의 남경로에 도착해 거대한 건물들의 웅장하고 아름다운 정경들을 볼 수 있었다. 1991년 장쩌민 주석이 지정한 보행로를 걸으며 윈도쇼핑을 해보니 백화점과 세계 유명한 업체 상품들을 파는 매장이 즐비하고 가격도 만만치 않으며 비가 오는데도 불구하고 사람들로 붐볐다. 특색 있는 젊은이의 거리 신천지에서는 서구적인 분위기에 문학적 향취가 가미되어 동서양의 묘한 조화를 느낄 수 있었다. 하지만 관광으로 와서 그냥 지나치기 쉬운 다양한 중국의 모습 또한 볼 수 있었다. 감기 걸리기 쉬운 추위에 비가 오는 겨울 번화가를 헤매며 눈여겨보았던 뒷골목의 모습, 화려한 건물과 네온사인 바로 밑에 고단한 삶, 허술한 집들, 이 모두가 아직 중국이 가진 진짜 모습이 아닐까 한다.

남경로

상하이 예원

　점심을 끝내고 동인당에 도착해보니 동인당이 한약재를 파는 대학교라는 것을 알았다. 교포 3세인 병원장이 유창한 한국말로 병원을 소개하면서 지금도 경상도가 고향이라며 향수에 젖어 있었다. 병원장께서 특히 강조하신 말씀 "건강은 건강할 때 지킨다." 그리고 진맥도 받고 어깨 마사지도 받고 침도 맞았지만, 불황의 늪이 깊어서인지 한약을 사는 사람은 없었다. 동인당에서 나와 서울 종로구 인사동 거리에 해당하는, 옛 명조 시대의 병원인 예원에서 늘 등 축제를 벌이는 듯한 수많은 등과 물결치는 회색 기와지붕을 둘러보는 것으로 상하이 관광을 마감하였다.

　저녁에는 공항으로 가야 한다. 잠시 휴식을 취한 후, 공항 가는 길에 우리의 농협 마트 같은 쇼핑 가게에 들러 참깨 잡곡 등 작은 선물을 사서 비행기에 오르며 느낀 건 여행을 제대로 하기엔 일정이 너무 짧지 않은가! 비행기에서 만감이 교차하는 사이 훌쩍 국경을 넘어 서해안이 보이는 우리 땅으로 돌아왔다. 평생 살면서도 "다 못 보고, 다 못 먹고, 다 못 배운다."라는 광활한 중국. 또는, "100년의 문명을 보려면 상하이로 오라."는 중국 속담에서 대륙의 극히 일부분인 상하이를 잠시 슬쩍 엿보았는데도, 중국의 저력이 조금은 보일 듯하고, 앞으로도 더 도약할 중국의 힘이 느껴져 왠지 불안감을 떨쳐 버릴 수가 없다.

3

베트남 사람들

　　신 짜오! (안녕하세요!) 하노이 국제공항에서 나오자 화창한 날씨가 한국의 봄 날씨 같아 외국에 왔다는 실감이 별로 느껴지지 않을 만큼 친근감을 느꼈다. 거리의 풍경이 그렇고 사람의 모습이 어쩐지 낯설지 않다. 이런 사람 이런 곳에 월남전이 있었단 말인가! 캄보디아는 거침없이, 프랑스와는 디엔비엔푸 전투에서 기습전으로 단번에, 중국과는 국지전에서 일치단결하여 완전 궤멸, 세계 최강국 미국도 인내력으로 물리쳤다. 세계에서 가장 전투를 잘하는 나라 베트남이 다른 나라와는 무언가 독특함이 있을 것 아닌가! 그것이 무엇일까? 베트남은 어떤 얼굴을 하고 있을까?

호찌민 시내의 오토바이 물결

공항을 벗어나는 순간 거리를 가득 메운 오토바이에 깜짝 놀랐다. 떼로 몰려다니는 오토바이에 교통이 불편하여 답답함을 느꼈다. 세계에서 오토바이가 가장 많은 나라 베트남, 자동차가 오토바이의 눈치를 살펴야 하는 나라, 그런 오토바이가 많은 사연은 이렇다.

2차대전 시 베트남은 약 3년 동안 일본의 지배를 받았다. 이때 일본은 엄청난 양의 쌀을 수탈해 갔다. 나중에 베트남 정부가 이에 대해 보상하라고 윽박질렀고 국제여론에 못 이긴 일본은 그 대가로 오토바이를 내줬다. 오토바이가 많은 만큼 운전 솜씨 또한 폭주족 뺨치는 수준이다. 장애물이 있거나, 도로가 좁아도, 차가 끼어들어도 절대 멈추지 않고 빵 빵 경적을 울리며 재빨리 빠져나간다. 베트남에는 시내버스가 없다. 오토바이가 우리네 자동차 역할을 한다.

그래서인지 도로에는 노란색 중앙 분리선이 없다. 노란색 중앙 분리선을 사용하면 사고가 더 자주 난다고 한다. 군중 속에 오토바이는 무질서해 보여도 신호등 앞의 정지선은 잘 지킨다. 하노이 시내에 다가갈수록 피부로 느끼는 것은 그들의 경제발전이다. 세계에서 경제 발전 속도가 가장 빠르다는 베트남, 설명을 듣지 않아도 좌우 거대한 공단, 활기찬 모습, 오토바이의 군무에 경제가 춤추듯이 발전하고 있다.

가끔 보이는 한글 간판 중 베트남 쌀국수가 유난히 눈에 띄었다. 서울에서 입맛을 익힌 나는 여행 내내 베트남 사람들이 아침 식사나 간식으로 먹는 쌀국수만 한 번에 세 그릇을 먹어 보았을 뿐 전문 베트남 쌀국수를 먹어 보지 못해 아쉬워했다. 또한, 시장이나 거리에는 남성보다 여성이 더 많이 눈에 띄었다. 오랫동안 강대국들과 전투를

한 남성들은 지쳐 있었을 것이다. 현실적으로 베트남 여성들은 부지
런하고 순수하며 사랑스럽고 억척이기도 하다. 베트남 여성과 결혼
한 한국 남성들도 이런 사실을 곧잘 얘기한다.

호찌민 영묘

넓고 깨끗한 바딘 광장을 보니 북경의 천안문 광장이 머리에 떠올
라 호찌민 영묘가 더욱 위대해 보인다. 약간 긴장을 하며 들어간 호
찌민 묘에는 소련에서 방부 처리를 해 온 호찌민의 시신이 생전의 모
습 그대로 누워 있고 주변에는 근위병들이 근엄하게 지키고 있다. 베
트남 국민에게 호찌민의 의미가 어떠한지는 그의 묘를 보면 충분히
알 수 있을 것 같다.

한국의 국회의사당을 보다가 베트남 국회의사당을 보니 너무 작아
의아해했다. 저 작은 곳에 의원들이 다 모여 회의를 할 수 있을까?
한국의 국회의원들이 이곳에서 회의를 한번 해 보면 어떨까!

아마 마이크가 없어도 될 것 같다.

베트남 국회의사당

호찌민 묘를 지나 생가로 가는 길은 마치 산책을 하는 것처럼 주변이 잘 정돈되어 있었다. 노란색 건물이 강렬하면서도 따뜻한 느낌이 들었다. 그러나 호찌민이 3개월 기거했다는 주석궁은 규모가 작아 초라하게 느껴졌다. 꼭 경기도의 무슨 모텔 정도의 크기이다. 지금은 국빈을 모시는 영빈관으로 사용되며 호찌민은 이런 주석궁을 마다하고 베트남식 전통가옥에서 집무를 보았다. 집이 협소하여 마치 원주민이 살던 집 같았다. 소박한 가구와 집기 초라한 회의실에서 호찌민의 검소함을 찾아볼 수 있었으며 국민이 왜 그를 존경하는지 베트남의 힘이 어디에서 나오는지 알 수 있을 것 같았다. 그곳에는 호찌민을 위한 땅굴이 있었는데, 몇 년 전까지 북한에서 관리하였으며 지금은 공개하지 않는다.

호찌민 박물관

호찌민 박물관은 1990년 5월 19일, 호찌민 탄생 100년이 되는 날에 개관했다. 주로 호찌민 생가의 모형과 애용품 편지 전쟁 사진과 도구를 전시해 호찌민과 함께해 온 베트남 독립의 역사가 꾸며져 있고 곳곳에 호찌민이 활동한 사진과 다큐멘터리 영화가 있다. 특히 서민들과 함께하며 소박하게 웃음 짓는 모습이 인상적이며 국민과 함께하는 민족주의자라는 인상이 든다.

베트남 사람들은
국민적인 신(神)이라 해도 좋을 만큼
호찌민을 아끼고 사랑하며
추앙한다

빛을 가져오는 사람
호찌민은
죽을 때 유산이 없으며

전용 자동차도 손님을 위해
쓰이고
국민을 더 사랑하기 위해
평생 독신으로 살다 갔다

탁월한 정치 지도력을 통해
새로운 역사를 창조해낸
영원한 민족주의자

낫과 망치와 별을 바라보며
오토바이의 군무가
경적을 울리며 달려가듯
국가가 발전하고 있다

어쩌면
거리가 멀고 열대지방인데도
습성과 풍습이 비슷하고
한국인과 많이 닮았다.

-「호찌민 박물관」全文

　리 왕조시대인 1049년에 지어진 일주사는 우리나라의 불국사만큼
이나 유명한 독특한 건축양식의 문화적이고 역사적인 아주 작은 사
찰이다. 후사를 못 보던 리 타이통 왕이 보리수나무 밑에서 기도를
하던 중 관세음보살이 그를 연꽃이 있는 곳으로 이끄는 길몽을 꾸고

난 후 연꽃 모양을 닮은 절을 지어 천 일 동안 기도를 하여 왕비가 왕자를 얻었다고 한다. 일주사는 한 기둥 사원으로 중심에 기둥이 하나만 있어 멀리서 보면 물 위에 피어오른 연꽃처럼 보인다. 그 후에 후손이 귀한 사람들이 구름처럼 몰려들었다고 한다.

연꽃 모양을 본떠서 지은 일주사(一柱寺)

1070년에 건립된 베트남 최초의 국립대학인 문학 사원은 한국의 국자감과 같은 곳으로 공자와 그 제자들을 받들고 모시는 사당인 문

문학 사원

묘가 앞쪽에 있으며 양쪽 홀에는 과거시험에 합격한 사람들의 비가 세워져 있다. 비를 받치는 거북의 머리를 만지면 머리가 좋아진다고 하여 머리가 반들반들하다. 문묘문 지붕에 있는 잉어 조각물이 이곳의 상징이며 백성을 뜻한다. 문묘문 가까이에는 하마(下馬)라는 비석이 있는데 여기서부터는 출입자 모두가 말에서 내려 걸어갔다고 하니 그 상황이 민족단결의 한가지 원천이 아닌가 한다.

베트남에 사는 54개 소수민족의 생활과 문화를 민족별로 전시해 놓은 곳이다. 주로 이웃 나라에서 흘러들어와 자리 잡은 북부의 소수민족 중에는 몬족과 자오족이 있는데 이 중에는 멀리 미국에서 이주한 사람들도 있다고 한다.

"농 혹은 베트콩 모자"라는 베트남 전통 모자는 현지인들이 사는 가격은 700원이고 관광객은 보통 1.400원 이상을 주고 산다. 최근 귀국할 때 많이들 가져온다.

하노이 시내 중심가 대로변의 거리의 이발소는 얼마 전까지만 해도

하노이 거리의 이발소

많았다고 한다. 지금은 명물로 남아있으며 그냥 지나는 길에 한 장 촬영하려고 하니 주인이 눈치채고 몸소 안내하며 자세를 취해 주었다. 그리고는

"1달러, 1달러"

한다.

저녁 무렵 우리는 시클로를 타고 36거리[재래시장]를 중심으로 거리 구경을 나섰다. 시클로는 자전거 인력거이며 1인승이다. 50세의 운전자는 연방

"형님! 형님!"

하며 제법 익숙한 한국말로 나름대로 주변을 설명한다.

"미장원, 이발소, 국수 가게, 은행, 우체국, 아오자이, 아가씨 예뻐요. 극장"

등 그에게서 외국인은커녕 십년지기 지인처럼 가깝게 느껴졌다. 하노이에 사는 그는 한국에 한 번 가보는 것이 소원이라고 한다. 그것도 눈 오는 겨울을 꼭 보고 싶다고 했다.

수상 인형극

수상 인형극은 10세기 삼각주 홍강에서 수확을 끝내고서 주변에서 쉽게 구할 수 있는 재료로 인형을 만들어 논밭에서 공연하는 형태로 소박하게 시작되었으며 지금은 주로 저녁에 출연진들이 장막 뒤에서 막대기와 줄로 인형을 조종하는데 50분 동안 한다. 모내기하는 농민의 모습, 나무를 타고 오르는 뱀, 고기를 낚는 어부, 전설의 거북 등 인형극의 내용은 베트남의 생활과 전설에 바탕을 두고 있다. 세계에서 유일하며 농한기 때 이런 놀이를 즐겼다고 한다. 안내서에는 한국인을 위한 한글 안내서가 있고 우측에는 베트남 전통 악기 연주와 해설자의 목소리를 동시에 들을 수 있었다.

베트남은 망자가 오래 생활했던 곳에 무덤을 만든다. 논에는 비석이 세워져 있는 것을 흔히 볼 수 있는데 공동묘지이다. 시신을 이곳에 매장한 후 몇 년 후에 다시 화장하여 납골당으로 옮긴다.

하롱은 하룡(下龍)의 베트남 발음으로 용이 내려와 앉았다는 전설을

하롱베이 수상마을, 안개비가 내리고 있다.

가지고 있다. 하롱은 카르스트 석회암 지형이 만들어내는 다양한 모양의 섬들로 원근에 따라 운치를 더한다. 하롱베이는 1993년에 유네스코 문화유산으로 지정되어 보호되고 있으며 세계 8대 비경에 속한다.

깊고 푸른 바다에 불쑥불쑥 떠 있는 3,000여 개의 기기묘묘한 바위섬 그리고 석굴들, 이런 바위섬과 석굴들이 자아내는 환상적인 분위기, 유람선의 넓은 테이블에 앉아 유유자적 세계의 무수히 많은 사람이 왔다 간 이곳을 보노라면 잠시나마 일상의 근심 걱정이 사라지는 듯하다. 또한, 섬들 사이로 고요히 흐르는 유람선이 한 폭의 그림 같다. 하롱베이 대부분 섬은 동굴의 크기와 수가 한국의 그것과는 비교가 안 될 만큼 크고 넓은 데다가 외부로 구멍이 뻥뻥 뚫려 있다. 수상마을 사람들은 연탄불에 요리도 하고 화초를 가꾸며 통통배로 멀리 학교로 통학하기도 한다.

항띠엔꿍(천궁 동굴)의 내부, 하늘 문

동굴에는 수천 마리의 원숭이들이 살았으며 사람과 동물 형상을 한 종유석들이 많으며 나름대로 각각 어떤 전설을 갖고 있다. 여기저기에 커다란 종유굴들 기기묘묘한 종유석에 적당히 만들어 놓은 조명들 정말 장관이다.

띠톱섬 전망대에 안개비가 자욱하다.

　해발 30m 정도의 띠톱섬 정상에서 360도로 한눈에 내려다볼 수 있는 하롱베이의 풍경은 그야말로 장관이다. 하롱베이 안의 또 다른 명소인 항루언을 바나나 모터보트를 타고 약 30분 걸려 사방이 산으로 꽉 막힌 천혜의 바다 요새를 터널로 통과하여 구경할 수 있었다. 띠톱섬은 호찌민이 러시아 유학 시절의 친구인 띠톱에 선물한 섬이며 해수욕과 등산을 할 수 있다.

깟바섬 해수욕장

깟바섬이 하롱베이 섬 중에서 제일 크다고 하여 도착해보니 열대 숲이나 정글 같은 분위기는 별로 없고 한국의 60~70년대 시골 여름 같은 느낌이 든다. 월남전 때 하노이와 주변 섬과는 달리 이곳 깟바섬은 전쟁의 포화가 매우 심했던 곳이다. 이 섬의 절반 정도는 국립공원으로 지정되어 있으며 다양한 야생동물이 서식하고 도보 여행도 가능하다. 아열대 기후 깟바섬의 겨울은 우리나라 봄가을 날씨와 비슷하여 해수욕이나 수영은 어렵고 휴양지로서 좋은 기후를 갖고 있다.

깟바섬 산책로에서

"노니는 뽕나뭇과에 속하는 과실로 지구 위에서 사시사철 꽃이 피고 열매를 맺는 식물은 노니뿐이다."라고 한글로 광고되어 있다. 노니의 가장 중요한 성분은 프로제로닌인데 인체에 공급되면 제로닌이 생성되며 이 성분에 의해 체내에서 세포 입구가 개방되며 세포의 탄력증대, 혈액의 정화, 단백질의 분자구조 등을 가져와 세포에 영양분을 쉽게 주입하게 된다. 가장 먼저 효과를 보는 것은 대장의 숙변 제거와 동시에 변비, 설사를 해결해 준다. 그 밖에 당뇨, 신경통, 관절염, 정력 강화, 만성 피로, 장염, 피부미용, 노화 방지, 골다공증, 암 치료 및 예방 등 노니는 면역기능을 자극하여 면역력을 높여 준다.

베트남 사람들은 한국 사람들을 확실히 좋아한다. 그러나 그들의 역사를 조금 알고 내면적으로 조금만 깊이 들어가 보면 그들의 어쩔 수 없는 진실을 알게 된다. 한류 때문에 한국문화를 좋아하고 자기들보다 나은 경제력을 가진 한국이라는 나라를 좋아하는 것이다. 게다가 눈 오는 한국의 겨울을 좋아하고 가난을 벗어나고자 한국으로 시집오는 것이다. 그러나 한국 사람도 베트남 사람들을 좋아하는 것은 틀림없는 것 같다.

베트남은 사회주의 국가로 땅은 국가 소유이며 지상권은 개인이 가진다. 건축 시 1세대당 4×8m의 땅을 주며 직급과 능력에 따라 그 이상의 땅도 확보할 수 있다. 따라서 건축은 좁고 길게 지을 수밖에 없고 더운 여름에 바람이 앞문에서 들어와 뒷문으로 쉽게 빠져나가게 하기 위해서도 옆면에는 대부분 창을 내지 않으며 돈이 없어 앞면에만 페인트칠한다고 한다. 이렇게 아직은 사회주의 국가이지만 거리에는 두 대중 한 대가 대우의 라노스나 마티즈 혹은 현대 버스 등 한국산 자동차가 질주하고 있다. "군중 속에는 적어도 한두 명의 라이따이한이 있겠지….'라고 생각하니 거리가 멀고 열대지방인데도 습성과 풍습이 비슷하고 한국인과 참 많이 닮았다

아(峨)! 치앙마이

　　한밤중에 영하 7도의 인천 국제공항을 출발하여 동이 틀 무렵 영상 17도의 치앙마이 국제공항에 도착하니 약 20도의 기온차가 외국에 온 느낌을 준다. 연평균 기온이 영상 23도인 치앙마이가 아름답고 여행객들이 좋아하는 지역으로 알려져 있어 마음속에는 코끼리 트레킹과 원주민 마을 그리고 도이수텝 등 관광보다 자연환경에 더 관심이 있었다.

그린 레이크 리조트

사진은 여행 중 첫 숙박지로 3일을 머문 그린 레이크 리조트(green lake resort)로 식당이 본관 건물에 붙어있으며, 뒤로 돌아 옆의 두 동이 숙박시설로 전형적인 동남아시아 호텔 풍경이다.

태국의 화폐단위는 바트. 연평균 기온은 28도. 여행 중(1월)에는 한국의 9월에 해당하는 날씨. 인구는 약 7천만 명. 방콕은 전체 인구의 1/5 정도. 땅은 한반도의 2.5배. 결혼할 때 남자의 지참금이 5천만 원 정도. 데릴사위 제도가 성행하는 나라. 여자가 경제권을 쥐고 있어 한국 남자들 살 곳이 못 되는 나라. 하지만 한국과는 정서적으로 사이좋은 나라. 태국에는 3만 명이, 치앙마이에는 3천 명의 교민이 살고 있다.

왓 프라탓 도이수텝 (Wat Prathat Doi Suthep)

도이쑤텝 사원은 1383년에 세워진 유서 깊은 사원으로, 태국에서 가장 전망이 좋은 위치에 지어진 사찰로 치앙마이 어느 시내에서도 위치를 파악하기 쉬운 곳에 자리 잡고 있으며 1386년 란나 왕국 시절에 부처님의 진신 사리를 흰 코끼리 등에 얹어 이동하며 묻을 자리를 찾던 중 코끼리가 도이수텝 정상에서 멈춰 세 바퀴를 돈 후 쓰러져 죽었는데, 바로 그 자리에 사리를 묻고 사원을 세운 것이 도이수텝이다. 태국 관광청 안내 책자에는 이렇게 소개돼 있다. '태국을 방문한 사람 중 치앙마이를 방문하지 않은 사람은 태국을 봤다고 할 수 없고, 치앙마이를 방문한 이들 중 도이수텝을 보지 않고는 치앙마이를 봤다고 할 수 없다.'

사원 입구에 도착하면 단숨에 승강기를 타고 올라가, 걷고 싶은 사람에게는 아쉬움을 주었으며 마치 영화 속 한 장면에 나오는 분위기였다. 도이수텝 사원에는 치앙마이 시내를 다 볼 수 있는 멋진 풍경과 부처님 사리가 사원 안에 모셔져 있으며, 에메랄드 부처상 그리고 온통 금으로 장식된 풍경이 눈이 부실 만큼 찬란하다. 많은 외국 여행객도 초와 꽃을 바치고, 무언가 적힌 종이를 들고 사리탑을 도는 사람이 끊이지 않는다. 도이수텝에서는 반바지와 민소매를 금하며, 내부로 들어갈 때는 신발을 벗고 들어가는데, 그 많은 신발, 분실률이 거의 없다고 한다.

방콕의 에메랄드 사원과 새벽 사원 등 태국의 유명한 고대 사원은 구경하였지만 이렇게 황금으로 온통 뒤덮인 사찰은 방콕 왕궁 이후 처음이었다. 특히 에메랄드 불상을 보았을 때 매우 인상적이었으며 전 세계적으로 많은 불교 성지 순례자들이 방문하는 도이수텝 사원이 왜 유명한지 눈으로 확인하는 순간 바로 알 수 있었다. 해발 1천 미터가 넘는 도이수텝 사원으로 올라갈 때 산이 꼬불꼬불해서 어지러워하던 동료가 기억난다. '도이-산', '수텝-신선'이란 뜻으로 도이수텝은 말 그대로 신선이 노는 사원이란 의미가 있다. 태국어로 '왓

프라탓 도이수텝(Wat Phrathat Doi Suthep)'이 정확한 명칭이며
프라탓이란 단어는 황실을 관리하는 사원에 붙이는 말이다.

코끼리 화가

 태국에는 만 마리의 코끼리가 있으며 매땡 코끼리 학교에는 100여
마리의 코끼리가 3종류로 나뉘어 관광객들을 즐겁게 하고 있다. 똑
똑한 코끼리는 그림도 그리고 춤도 추며 축구도 하지만 제주도 코끼
리만 못한 듯, 보통 코끼리는 트레킹을 주로 하고, 멍청한 코끼리는
우리 안에 갇혀 지낸다.

코끼리 화가가 그린 그림

두 마리의 코끼
리가 경쟁적으로
그림을 그리는 데
조교가 붓을 코끝
에 끼워주면 대
상물을 보지 않고
집중하는 듯한 처

연한 모습(?)에서 관광객들이 감탄을 한다. 그려진 그림은 전시장에서 4만 원 정도에 판매되고 있으며 코끼리 화가가 그날의 스타이다.

부족 마을

일반적으로 외국 여행객들에게 태국의 고산족이라 하면 먼저 치앙마이를 떠올리곤 한다. 하지만 고산족 트레킹으로 표현이 되는 치앙마이 트레킹은 사실 원래의 고산족 마을을 일일이 돌아보기가 어려우니까 관광상품화 차원에서 산 아래에 5 부족이라는 마을이 주 정부의 지원으로 형성되었으며 최근에는 파타야를 비롯하여 목이 긴 카렌족 마을이 여러 곳에서 탄생하는 것이 작금의 현실이다.

이처럼 태국 정부는 산속에 사는 이들을 신비롭게 보고 싶어 하는 외국 관광객들을 위해 그들을 집단 이주시키기를 서슴지 않는다. 5 부족 마을은 그곳에서 입장료를 받고 관광객들과 사진을 찍어주는 대가로 팁을 요구하기도 하며 물건을 팔고 농사도 지으며 일부 가족은 새 직장으로 출근도 하여 주변 산간마을 주민보다 안정된 생활을 하고 있다.

 물론 시간이 없어 단기간의 패키지 상품을 이용할 수밖에 없는 바쁜 여행객들에게 그렇게라도 여러 고산족을 한꺼번에 만나볼 수 있다는 것은 하나의 축복이 될 수도 있지만, 집단 이동 과정에서 원래의 진실이 많이 훼손되어 여행의 순수성이 떨어지는 것은 안타까운 일이다.

 이런 진정한 여행객들에게 자료나 안내인들은 서슴없이 매홍손으로 가보라고 추천을 한다. 치앙마이에서 서북쪽으로 약 250km. 1,684개의 험하디 험한 S 자 코스의 국도를 따라서 인고의 노력을 감내해야 만이 육로로 매홍손이라는 곳에 들어갈 수 있겠다. 해발 1,000m가 넘는 태국 북부의 험난한 산악 지형 속의 작고 아담한 도시인 매홍손, 물론 비용을 조금 더 쓴다면 방콕이나 치앙마이에서 국내선 항공기를 이용해서도 들어갈 수도 있을 것이다. 승용차로도 약 5시간 이상이 걸리는 힘든 길이다. 5 부족을 대표하는 부족은 단연 목이 긴 카렌족이다. 카렌족 마을은 낮에 남자들은 그림자도 보이질 않고 목이 긴 여인들과 아이들만이 상점을 지키고 관광객을 신기한 듯 바라본다.

 바로 옆 사진의 모습은 우리가 TV에서 많이 보아왔던 그들의 모습이다. 원

목이 긴 카렌족

래 이 부족은 예전에는 태어나서 1년에 한 개씩 저 링을 목에다가 끼우게 되었다고 한다. 그러면서 나이를 먹게 되고 그러다 보면 자연스레 목뼈가 늘어나는 것처럼 보이지만 실제는 어깨가 주저앉는다고 한다. 문제는 그 길이가 길수록 이 부족에선 최고의 미인으로 인정을 받는다는 것이다. 하지만 만약에 여인들이 부정이나 외도를 저질렀을 땐 그 즉시 목에 차고 있던 쇠링을 빼 버리는 형벌을 내리게 되었고 그 형벌을 받은 여인들은 목뼈가 부러져서 죽음에 이르게 되는 끔찍한 그 악마의 굴레가 바로 저 링이다. 살아있을 때는 7kg(위 사진)이나 되는 쇠링을 목에 끼고 생활하지만 그들의 표정은 밝고 행복하다.

요즘 젊은 카렌 여인들의 목에는 이제 수많은 링이 걸려 있지가 않다. 그저 겨우 전통의 명맥을 이어가는 정도며 도시로 출근을 하거나 귀걸이를 달고 음반 취입도 하며 아이들을 도시의 정규학교에 보내기도 한다. 오직 베틀 짜는 문화만 소중하게 남아 그들의 자존심을

미얀마 국경

지켜주는 듯하다.

　미얀마 국경 관문 부근에는 온통 재래시장이다. 열대지방이 그렇듯 과일이 매우 싸다. 사탕수수즙을 내서 파는 아저씨, 모두 한 잔씩 사 먹었는데 매우 달아서 두 잔 먹는 사람도 있었다. 그림도 그리며 사진도 찍고 관광객들을 상대로 하는 장사꾼들도 북적북적. 이렇게 미얀마 잠깐 들렀다가 일행은 라오스로 출발했다.

금삼각

　미얀마 라오스 태국 세 나라가 한 곳에서 국경을 맞대고, 황금의 삼각지대로 잘 알려진 골든 트라이앵글, 금삼각은 동남아시아의 젖줄이 만드는 3개국이 국경을 이루는 강가 지역으로 예전에는 이곳에서 황금으로 마약 거래를 많이 했기 때문에 그렇게 부른다고 한다. 간판이 참 소박하다. 이곳에서 라오스로 건너가게 되는데 국경 통과 없이 배로 이동한다. 검문도 하지 않는다. 관광객에게 한해서인가! 라오스에서 별다른 관광은 하지 않고 짝퉁 가방 파는 가게가 얼마나 많은지

이리저리 구경하다가, 라오스 맥주 한 잔씩 마시고 수공예 파우치 하나 사 가지고 왔다. 아무려나 우리는 나름대로 한 곳에서 짧은 시간에 3개국을 여행했다.

라오스 국경

치앙마이 고산지대가 궁금하여 떠난 여행이 고산지대는 가보지 못하고 중간지역에 본보기로 만들어 놓은 마을과 고산족을 만나는 것으로 만족해야 했지만, 이번 "치앙마이 여행"은 뜻밖에 많은 것을 느끼게 하였다. 따뜻한 날씨, 맑은 공기, 좋은 음식, 저렴한 물가, 많은 문화유산과 아직은 때 묻지 않은 깨끗한 환경이 좋았다. 대부분 불교 신자들이어서 그런지 아웅다웅 다툼이 덜한 좋은 느낌도 받았다.

5

작은 킬링필드

　　1970년대 후반 매스컴을 통하여 어렴풋이 캄보디아 내란을 조금 기억하고 있다가 80년대 후반에 킬링필드라는 영화를 보고 더욱 관심을 두게 되었다. 1년 전부터 캄보디아에 가려고 마음의 준비를 하던 차 지난 6월 하순쯤 며칠 전부터 설레는 가슴을 안고 4박 6일간의 캄보디아 패키지여행을 떠났다. 일행은 20명이며 499.000원의 여행비를 내고 5시간 걸려 시엠레아프 국제공항에 도착하였다.

캄보디아 국화, 수련

왜? 킬링필드가 일어났을까? 나는 항상 그것이 궁금하였다. 역사상

일찍이 정부가 국민을 상대로 대학살을 저지른 국가가 있었을까? 캄보디아는 국토의 면적이 한반도와 조금 비슷하지만, 인구는 1970년대 후반에 한반도의 10분의 1인 약 700만 명에 불과했다. 그중 3분의 1인 약 230만 명이 3년 8개월 동안에 자기 나라의 정부 즉 폴 포트 정권에 의해 희생되었다.

주민들은 크메르루주가 왜 자신들의 얼굴 사진을 찍는지 알지 못했다. 사진을 찍은 후에는 곧 처참하게 죽어갔다. 안경을 썼다고 죽이고 손에 굳은살이 없다고 죽이고 뚱뚱하다고 죽이고 집안에 책이 있으면 지식인이라고 죽이고 나중에는 노동자와 농민, 교사, 상인 등 신분과 직업을 가리지 않았다. 또 학살하는 방법을 보면 가히 지옥의 심장이라 할 수 있다. 한쪽 팔을 묶어 놓고 악어와 사투를 벌이게 한다. 악어는 죽은 고기를 먹지 않는다고 하니 인간은 죽을힘을 다해 악어와 처절한 싸움을 벌이다 죽어 간다.

그 옆에 가끔은 크메르루주 병사가 한 손에는 술병을 들고 또 한 손에는 칼을 차고 그리고 어떤 모습으로 그 광경을 내려다봤을까? 한 악어 우리에서 하루에 수십 명씩 희생되었다 하니 실로 처참하기 그지없다. 이는 작은 킬링필드 전시관 게시판에 빛바랜 그림으로도 나타나져 있어 많은 사람의 가슴을 아프게 한다. 또한 어린 아기는 발목을 잡고 실탄을 아끼느라 거꾸로 세워 무순 자르듯 칼로 목을 쳐 그대로 구덩이에 버렸다 한다. 여자들은 저항력이 약하다고 하여 머리에 비닐봉지를 씌워 질식시켜 살해했고 또 우물 속에 여러 명씩 마구 집어넣어 죽였다 한다. 어른들은 머리를 고정해 놓고 수동 드릴로 살아 있는 사람을 뒷머리에서 이마 쪽으로 두개골을 관통시켜 죽였다 하니 실로 무간지옥(無間地獄)이라 아니할 수 없다.

지정학적으로
캄보디아는 동
쪽으로 베트남
북쪽은 라오스
서쪽은 타이 남
쪽은 바다로 연
결되어 있다.
캄보디아는 자
원이 풍부하지

왓트마이 위령탑

만, 세계 5대 최빈국에 속하여 국민 스스로 베트남과 타일랜드를 선
진국이라 생각하며 그들은 또한 역사적으로 강대국들에 의해 둘러싸
여 있다고 생각한다. 외세의 침략이 잦아 강인한 국민성이 길들어야
하지만 12세기 앙코르와트를 지을 당시의 전성기를 제외하고는 전
쟁 때마다 거의 처참히 패하여 외세 의존도가 높은 응집력이 약한 국
민으로 변해버린 것은 아닐까? 한다.

　프놈펜에는 킬링필드라는 기념관이 있고 시엠립에는 작은 킬링필
드 왓트마이가 있다. 호텔 부근에서 점심 먹고 다시 호텔 방으로 돌
아와 시간 아깝게도 거의 2시간이나 낮잠을 잔 후 작은 킬링필드로
버스가 출발하자 어떤 유적지보다 더욱 긴장되었다. 입구에 들어서
자 스콜이 방금 지나가서 그런지 황량하고 음침하고 화약 냄새가 나
는 듯한 악마의 끈적끈적함을 느꼈다. 또 캄보디아 의학으로는 쉽게
고쳐 줄 수 없는 약간의 기형인 몹시 아파해 하는 갓난아기를 뙤약볕
아래에 두고 여행객 중에 병을 고쳐 줄 후원자가 나타나기를 기다렸
다가 저녁에 데려가기를 보름째 한다고 했다.

타프롬 사원과 스펑나무

기분이 좀 이상했다. 여행객 중 나는 유골 탑에 가장 가까이 가서 내부를 샅샅이 들여다보았다. 10초 동안 묵념을 하고 구석구석 유골들을 뚫어지게 보고 있으려니 유골들이 움직이려는 듯 말을 하려는 듯이 보였다. 문득 머리에 스쳐 지나가기를 "우리를 땅속에 묻어 주세요"라고 하는 것 같았다. 그런 것 같다. 죽을 때도 너무 억울하게 죽었는데 죽어서도 저승에 가지 못하고 날마다 쳐다보는 이승 사람들에 대해 머리카락도 없고 옷도 없는 자신들의 모습에 부끄러워하거나 화를 낼지도 모른다는 생각이 들었다. 죽어서도 관광객의 볼거리로 남은 유골들 또 다른 킬링필드는 아닐까? 나는 감히 건의해 본다. 한국의 박정희 대통령을 존경하고 앙코르와트 관리를 한때 한국인에게 맡기려 했다는 캄보디아의 실권자 훈센 총리에게 "이제는 이 유골들을 땅속에 묻고 기념비를 세워 고인들의 넋을 기릴 때가 된 것 같다"라고 말이다.

공원 내의 불교사원에는 행색이 조금은 초라한 의욕이 없어 보이는 노(老)스님의 모습에서 지난 내전 기간의 아픔을 보는 것 같아 더욱 마음이 착잡하였다. 공원을 나서며 왜? 이 나라 사람들은 억울하게 죽은 사람들의 유골을 외국 사람들이 보도록 전시해 놓는 걸까? 또 언제까지 저렇게 둘 것인가? 지금도 곰곰이 생각해 본다. 버스에 오르자 우리는 킬링필드를 언제 봤느냐는 듯이 일상의 여행 생활로 돌아와 있었다.

킬링필드의 주역 폴 포트의 어린 시절은 왕궁의 무용수로 일하는 누나의 영향을 직간접적으로 받았다. 이는 형의 영향을 받는 것과는 또 다른 무엇을 생각하게 한다. 초등학교 시절은 불교 경전을 공부하며 아이들과 잘 어울리고 조용하고 착한 학생이었다고 전해지고 있다. 프놈펜에 있는 기술 고교를 졸업하고 정부 장학생으로 선발되어 프랑스로 유학을 떠난다. 그곳에서 공산주의 사상에 깊숙이 빠져들면서 프랑스 공산당에 가입하였고 학위도 없이 공산주의자가 되어 캄보디아로 돌아왔다. 귀국 후 한 때 교편을 잡았는데 학생들 사이에

바이욘 사원

서 상당한 인기와 존경을 받아 왔다. 이런 그가 정권을 잡는 과정에서 공산주의 사상과 모택동의 문화혁명을 철저히 활용하였다.

1976년 9월 소집된 공산당중앙위원회의에서 캄보디아 공산당창설기념일에 대한 이견(異見)으로 반대파의 당 간부를 심문센터인 뚜얼슬랭으로 끌고 가 무참히 살해하였다. 이어 폴 포트는 불량 세균이 침투하여 당이 병들었다면서 악덕 세균으로 간주하는 자들을 모두 처형하였다. 심문센터에 끌려 온 사람은 거의 무고한 사람이었다. 심문을 받은 사람은 다른 3명의 이름을 자술서에 적었고 이 사람들은 또 다른 3명을 적어야 했다. 심문받은 사람은 거의 모두 반혁명의 죄를 뒤집어쓰고 처형 되었다. 후에 보복이 두려워 가족 아이들까지 학살하였으니 킬링필드는 참 어이없게 시작되었다.

크메르루주는 붉은 크메르라는 캄보디아 무장단체로 1967년에 결성되어 한때 베트남에 대하여 대항 목적으로 미국의 지원을 받은 미국이 발전시켜 놓은 게릴라나 정규군의 성격을 띤 군사단체이기도 하다. 그들의 잔인무도한 살인 행각은 전사들 대부분이 농촌 출신으로 초등학교 졸업이 전국적으로 10%도 안 되는 시절에 거의 무학자들로 구성된 데다 연령이 12~16세로 낮아 살인에 대한 죄의식을 느끼기보다 잔악한 살인으로 지도부에 충성을 맹세했던 것 같다.

폴 포트가 킬링필드의 주역이면 크메르루주와 관련이 없다고 할 수 없는 미국 즉 헨리 키신저의 비밀외교가 조역이 아닐까? 그는 노벨평화상도 받았으니 조금 더 생각해 봐야겠다. 킬링필드를 종식한 것도 미국이 아닌가 한다. 초강대국 미국이 인도차이나반도의 조그마한 나라 베트남에 패하지 않았더라면 킬링필드의 대학살은 한동안

더 계속되었다고 생각하니 역사의 정의는 참으로 이율배반적이라 할
수 있겠다.

캄보디아 민속촌

  캄보디아의 어떤 평화주의자 아끼라는 사비를 들여 가정집을 지뢰
박물관으로 만들어 관광객들에게 내전의 아픔을 보여 주고 있다. 그
는 과거 베트남과 캄보디아 군에서 지뢰 매설 작업을 했던 인물로 자
기가 매설한 지뢰를 밟았을지도 모를 아이들의 참혹함에 뉘우치는
바가 있어 현재는 매설한 지뢰의 제거 작업을 하고 있고 그의 부인도
부상당한 아이들을 수발하고 있다. 정부나 지방 관서에서는 당연히
도움을 줄 만도 한 데 전혀 없단다. 그래서 안내자에게 물어보니 표
창장도 하나 받은 적이 없고 주민들도 먹고살기에 바쁜지 동참은커
녕 별로 관심이 없단다. 그러나 아끼라는 개의치 않고 앞으로도 20%
나 남아있는 지뢰 제거를 위해 계속 노력한다고 한다. 우리는 여기서
캄보디아 국민성을 생각하지 않을 수 없다.

바꽁 사원에 도착했을 때는 날씨가 유난히 무더웠다. 마침 흙이 부드럽고 편편하여 구두와 양말을 벗고 캄보디아의 땅 위에 맨발로 서서 마치 의사가 청진기로 환자를 진찰하듯이 캄보디아 국토와 킬링필드가 무슨 관계가 있는지 알아보려고 신경을 곤두세우고 있었다. 먼지가 날듯한 흙은 뜨거워 한곳에 오래 서 있기가 힘들며 옆 작은 바위로 옮겨 발을 디디니 더운 열기가 온몸을 스치고 발바닥은 너무 뜨거워 잠시도 서 있을 수가 없었다. 이 마당에 무슨 인내력과 이웃이 있을까? 여러 가지 상황이 겹치다 보면 캄보디아의 더위도 킬링필드와 무관하지 않으리.

아시아에서 제일 큰 호수 톤레삽('TonleSap)의 수상가옥들은 관광객들에게 가장 신나는 코스가 아닌가 한다. 국토의 15%를 차지하면

앙코르와트

서 다양한 식물과 어류를 캄보디아인에게 60% 이상 제공하는 톤레삽 호수(TonleSap Lake)의 황금빛 일몰은 보는 이로 하여금 탄성을 불러일으킨다. 건기 때는 호수의 물이 메콩강 삼각주로 흐르지만, 우기 때는 메콩강 물이 역류하여 물고기들과 함께 호수로 흘러든다. 수표 면이 3배나 넓어지며 수상족들의 평화스러운 생활이 이어지지만, 메콩강의 기적을 믿는 사람은 없는 것 같다.

까만 눈동자의 구릿빛 어린이들이 청년이 되었을 때는 아시아의 여느 나라처럼 대한민국의 동반자적 친구가 되어 있을 것이다. 1999년부터 정국이 안정되기 시작하여 언젠가는 킬링필드도 먼 역사 속의 한 장이 되리라.

"엄마! 엄마! 1달러, 1달러"

라고 외치는 어린이들의 모습이 어른거린다.

6
팍상한의 장관

　　야! 여름이다. 한낮 기온 30℃ 싱그러운 여름 7월의 오후 한여름이다. 상·하의 나라, 열대지방, 에메랄드빛 바다, 산호 가루 백사장, 수많은 섬, 필리핀 니노이 아키노 국제공항을 나오니 6월의 장마철처럼 구름 낀 후텁지근한 날씨이다. 4시간 전만 해도 서울이 영하 10℃였는데 겨울에서 순식간에 여름으로 바뀌니 환상의 천국이 아닐 수 없다. 강원도의 철쭉 같은 가냘픈 꽃이 빨갛게 하얗게 또는 주황색으로 예쁘게 피어 있고 곧 비가 한줄기 쏟아질 듯이 바람이 세차게 분다.

　필리핀의 국민 영웅 호세 리잘 박사는 독립운동가로서 아버지는 중

필리핀 리잘 공원

국인이고 본 직업은 의사이며 8개 국어를 하는 깨끗하고 정직한 품
성으로 우리나라의 백범 김구 선생 같은 분이다. 스페인군들이 리잘
을 처형할 때 등 뒤에서 쏘았다고 해서 의아해했는데, 본인이 총을
맞고 머리를 숙이게 될지도 몰라 희망했다고 한다. 35세에 그의 죽
음이 헛되지 않아 2년 후 1898년에는 필리핀이 독립하게 되었다.

필리핀 독립의 아버지 호세 리잘의 죽음을 추모하려고 만든 공원으
로 그는 기념비 밑에 잠들어 있으며 외국에서 국빈들이 방문할 때 가
장 먼저 참배하는 곳이기도 하다. 예술가이기도 한 그는 처형되기 전
날 "마지막 작별"이란 한 편의 시를 남겨 필리핀 민족주의를 고취하
였으며 한글 번역판이 게양되어 있다. 이런 성스러운 곳에 드문드문
서 있는 마차, 아기를 업은 여자, 갑자기 접근해오는 사진사, 음료수
나 얼음을 팔아 달라고 친절을 베푸는 사람들 모두 경계의 눈초리로
보자니 머리가 약간 혼란스러워진다.

그림의 하얀 동상은 필리핀 국기를 도안한 분의 동상으로 리잘 공원

모자상

에 있으며 어머니와 딸 아들이다. 필리핀은 모계사회이며 여성 제일
주의로 딸은 대우받고 있어 하늘을 바라보고 있지만, 아들은 게으르
고 잠이나 자는 사람으로 인식되어 얼굴을 가리고 땅을 바라보고 있
다. 필리핀은 외세의 침입이 별로 없는 데다가 있어도 남자들이 나가
서 싸워 이겨 본 적이 없기에 대우를 받지 못하며 잘못된 것은 다 남
자 탓이라고 생각한다. 시냇가에는 정성스럽게 방망이를 두들기며
빨래를 하는 남자가 여기저기 보이며 도로 인도에는 웃옷을 홀랑 벗
고 누워 태평스럽게 잠자는 사람의 대부분이 남자들이다.

후진국 필리핀 국민들의 행복지수는 가히 세계 1위라 할 수 있다.
사람마다 낙천적이고 성격이 좋아 만병의 근원인 스트레스가 거의
없고 고로 성인병이 적다. 병원엘 가 봐도 모르핀 정도로 기본 치료
를 하기에 웬만큼 아프지 않고는 병원엘 가지 않으며 신뢰성도 떨어
진다. 필리핀이 아시아에서 1위인 것이 국민들의 영어 실력과 미혼
모가 많은 것이다. 거리의 남녀노소 그들의 영어는 유창하다. 한국이
아시아에서 영어가 2위라 하니 다행이라고 해야 할까?

산티아고 요새

이른 아침
일곱 빛깔을 가진 섬나라에
동녘 하늘의 여명이…

자유를 갈망하는 자들의
멀고도 험한 여정

방황하고 헤매며
정처 없이 살아왔네

쓰러지고 넘어져도
독립을 위해

돌 성벽 쇠창살 아래
지하감옥에서
괴로움도 주저함도 없이

희미한 어둠 속
작은 불빛을 목말라 하며

파시그강 하구의
쓰레기처럼

물고기 떼의 호위 속에
바다로 떠내려가는 나의 심정
너는 알리라

　　　　　-「산티아고 요새」全文

스페인의 식민지 통치 327년의 역사를 만날 수 있는 성곽도시 인트라무로스 그 안의 산티아고 요새는 필리핀의 대표적 독립운동가의 처형장이다. 북쪽 성벽 바로 앞에 지하로 내려가는 악명 높은 돌계단이 있다. 2차 세계대전 중 일본군에 의해 지배된 3년이 스페인의 327년보다 더 많은 필리핀인이 이곳에서 목숨을 잃었고 미군 포로 600명도 여기에서 수장당했다.

지하감옥 맨 아래층은 바다보다 낮게 파여 있어서 썰물 때 감옥에 가득 채워진 죄수들은 밀물 때 서서히 조금씩 차오르는 밀물에 몸부림치며 발버둥 치며 죽어갔다. 다시 시신은 쇠창살 수문을 열면 썰물 때 바다로 쓸려나갔다. 그래서인지 지금도 필리핀인들은 일본인들을 좋아하지 않으며 근래의 미국과 일본의 밀월을 생각하면 인간사에 영원한 적은 없는가 보다.

팍상한 폭포 승선장

수평선 따라 곡선으로 달리다
갑자기 마주친 계곡

원주민 사공이 끄는 카누
유유히 노를 젓다가
바닥이 드러난 바위 사이를
끌고 밀고 젓고 발로 차며
힘차게 오른다.

깎아지른 듯한 수직 절벽에
달라붙은 열대 밀림들
여기저기 하늘에서 떨어지는
작은 폭포에 땀을 씻고
물보라를 맞으며
역류해 가는 막다피오강

길게 목을 늘어뜨리고 반기는 야자수
사방이 둘러싸여진 절벽 사이로
우물같이 보이는 하늘
천연색 노을 속에 펼쳐지는
천혜의 절경
힘차게 약동하는 뗏목의 그림자

폭풍 속의 비바람처럼
폭포수를 맞으며

온몸으로 세계 7대 비경을
음미해 본다.

-「팍상한 폭포」全文

　필리핀 관광의 백미라 할 수 있는 팍상한 폭포는 루손섬에 있는 우
리나라 2개 군정도 넓이의 호수에서 떨어지는 폭포로 마닐라 동남쪽
105km에 있으며 약 7km에 걸쳐 그 옛날 산이 갈라져 생긴 계곡의
양쪽 절경은 보는 이들의 탄성을 자아내게 한다. 급류를 거슬러 폭포
까지 올라가는 급류타기가 팍상한 폭포의 절정이다. 2인이 카누 가
운데에 타고 앞뒤에서 원주민 사공 두 명이 끌고 당기며 1시간 정도
바위 위로 흘러내리는 급류를 오른다.

막다피오강

숙달된 뱃사공이 맨발로 가파른 급류를 거슬러 거의 카누를 들다시피 하여 물보라를 맞으며 도착한 80m 낙차의 거대한 폭포[수직 낙차는 약 30m]는 그야말로 장관이었으며 뗏목으로 이동해서 폭포수를 맞으며 폭포 내부로 들어가 악마의 동굴에서 수영도 하니 폭풍 속의 비바람처럼 강렬하게 가슴에 와닿으며 최고의 전신 마사지가 아닌가 한다. 다시 급류를 타고 내려오는 스릴을 느끼며 보는 열대림 협곡의 양쪽 비경은 가히 이곳이 세계 7대 절경임을 다시 한번 생각하게 한다.

또한, 보지 못한 할리우드 영화 "플래툰", "지옥의 묵시록", "여명의 눈동자"가 어떻게 촬영되었는지 궁금하기도 하다. 여아 선호 사상이 뚜렷한 필리핀인들이 팍상한 폭포수를 맞으면 딸을 낳는다는 미신을 지금도 대다수 믿고 있다. 저 거대한 팍상한 폭포의 물줄기를 맞으면 행운이 찾아온다고 한다. 샤워를 마치고 한국 식당[여행객 대부분이 한국인이어서 이렇게 부른다]으로 가려니 이미 한쪽에서 원주민의 3인조 기타 "사랑해 당신을" 노래가 들려온다. 혹시 여기가 설악산 어디가 아닌가 하는 생각이 든다.

마닐라에서 팍상한 폭포까지 3~4시간 걸릴 거리를 2시간에 주파하기 위하여 우리는 호송 경찰을 부르기로 하였지만, 실제는 그 자체가 관광의 연속이었다. 어떤 외국의 수상도 경찰 사이드카 2대로 호송하였다 하니 여행객들은 국빈이 된 것처럼 어깨가 들썩들썩하였다. 호송 경찰은 좋은 인상으로 친절히 평시 외국 원수를 호송할 때처럼 저녁때까지 임무를 완수하고 기념 촬영도 같이하였다.

팍상한 폭포 가는 국도

1991년 6월 마닐라 부근에서 피나투보 화산이 폭발하였다. 20년
이 지난 지금 피나투보는 언제 그랬냐 싶게 파란 하늘을 이고 폐허의
땅 위에 초록의 생명을 꿈틀거리게 한다. 자연의 위대함을 찾아 나선
우리는 다른 세상에 온 듯 연신 카메라 셔터를 눌러 댔다. 식사하면
서 또는 사륜구동 지프를 타고 가면서 들은 라하르에 관한 이야기는
나를 이 여행의 진수로 끌고 가고 있었다.

유황 머드 온천, 맑고 파란 칼데라호, 천상의 노천 온천, 화산재 찜
질, 아로마 마사지 등은 라하르의 무서움에 압도되고 말았다. 피나
투보산 근처에 있는 상점 일터 가옥 생명 나아가 마을 전체가 지금도
계속 파괴되고 있다. 범인은 피나투보의 라하르이다. 라하르는 피나
투보 화산이 분화할 때 막대한 양의 분출물을 뿜어낸 것으로 그중 일
부는 대기 속으로 올라갔지만, 대부분은 산과 인근 지역에 남아있다.
그 양이 미국을 횡단하는 4차선 고속도로를 최소한 10번은 포장할

수 있는 만큼의 돌 부스러기이다.

　이 돌가루가 비가 오면 진흙투성이의 강이 되거나 반죽이 잘 된 콘크리트와 같은 특성을 띠기 시작하여 물처럼 흐르는 것으로 가옥 상점 차량 건물 사람을 무차별 공격한다. 평소에는 푸석푸석한 화산재로 사진에서처럼 조용히 있다가 태풍이나 열대성 폭풍우를 만나면 라하르로 이름을 바꾸어 비옥한 농경지를 황무지로 바꿔 놓고 사람들을 지붕 꼭대기나 산으로 몰아내기도 하며 마을을 없애거나 지도를 다시 그리기도 한다.

피나투보 화산재

　라하르의 위력은 또 있다. 바로 물의 범람이다. 라하르가 강이나 배수로의 진로를 바꾸어 버리기 때문이다. 수천 채의 가옥이 침수되어

진흙 속에 빠지게 된다. 이 물질은 물이 빠지게 되면 곧 굳어져 사람들의 복구 의욕을 철저히 파괴한다. 내려오는 길에 우리는 원주민 아이타 족 50여 명을 모아 놓고 쌀이랑 계란 과자 등을 나누어 주며 따뜻한 마음을 전했다.

고산족 어린이들

마닐라 남쪽 마킬링산 국립공원 자락의 히든 밸리는 원시의 숲과 깊은 계곡에 숨겨진 노천 온천으로 명성이 높다. 입구에서 약 2km 오솔길을 따라 걸어 올라가면 원시림 속에서 자연적으로 생성된 싱그러운 열대림 숨결이 기분을 상쾌하게 해 주며 산림욕을 즐기기에 좋은 환경을 갖고 있다.

산길을 따라 흘러내리는 열대우림의 크고 작은 천연 수영장에는 산 위에서 흘러내리는 폭포수와 지하에서 솟아오르는 맑은 샘물과 뜨거운 광천수가 서로 섞여 미지근한 물로 변하여 장시간 수영을 할 수 있다. 특히 몸에 좋은 미네랄 성분이 녹아 있는 소다 풀은 피부미용에 좋다 하여 물기를 닦지 않고 그냥 말리기도 한다. 또한, 마사지 풀에서는 조그만 폭포 밑에 앉아 있기만 해도 자연 마사지가 된다.

피나투보 노천 온천

필리핀의 대중교통에는 지프니가 있다. 양철 지붕에다 중고엔진을 얹어 만든 차로 20명까지 탈 수 있고 차비는 원화로 100원이며 창문이 개방되어 있고 속도가 느리다. 트라이시클은 오토바이 옆에 두 명이 간신히 앉을 수 있도록 의자를 만들어 놓고 그 위에 텐트를 쳤다. 골목길을 다니기 편하며 80원이다. 관광객이 주로 이용하는 마차는 탈 때는 100페소[2,000원]면 된다고 했다가 내릴 때쯤 40달러를 요구하는 예가 잦다.

필리핀은 축제의 나라다. 스페인, 미국[45년간], 일본의 지배를 받은 데다 중국 문화가 겹쳐 주체 의식이 결여되어서인지 다양한 축제 문화가 존재한다. 국민으로부터 가장 사랑받는 문화중의 하나가 가라오케라고 하며 발생지가 필리핀의 작은 마을이라고 한다. 크리스마스 축제 기간이 12월 16일에서 다음 해 1월 6일까지로 세계에서 가장 긴 축제 기간을 가진다. 정치인이나 사업가들이 축제 문화를 잘 이용하는 것은 말할 것도 없다.

필리핀인들은 조금이라도 특별한 날은 열심히 일해 모은 돈을 다 털어 이런저런 축제를 즐긴다. 좋을 때나 나쁠 때나 축제는 계속된다.

제2부

문경 오미자

문경 오미자를 마음속에 그리며
졸졸 흐르는 물줄기 따라
역사적 의미를 생각하며 걷다 보니
경관이 수려하고
옥류천이 흐르는 멋진 곳에
오미자가 자라
열매가 더욱 강렬한
아름다움을 주는지도 모르겠다.

7
신들의 섬 발리

안녕하세요! [아빠 카바르!]

인도네시아 발리! 그곳은 인천공항에서 비행기로 7시간 소요되는 세계 3대 휴양지의 하나로 또는 젊은이들의 신혼여행지로 많이 알려져 있다. 면적이 제주도의 약 2.8배이고 발리인들이 '천국으로 가는 문'이라며, 신성한 산으로 추앙받는 아궁산(3,142m)을 최고봉으로 인구는 2016년 기준 약 420만 명이나 된다. 발리 사람들은 신들의 섬 주민답게 아궁산 숭배도 대단하다. 아궁산을 바라볼 수 있도록 집을 짓고, 잠을 잘 때도 아궁산 쪽으로 머리를 향하고 잘 정도다.

발리의 성산, 아궁산

　인도네시아는 네덜란드 식민지 생활을 무려 340년이나 하고, 2차 대전 때는 3년 동안 일본의 지배를 받다가 1945년에 독립을 선언하였다. 수하르토 대통령이 떠오르고 인구가 세계에서 네 번째로 많은 발리는 '신들의 섬'이라고 알려져 있다. 해외 여행지가 발리로 선정되자, 처음 의아한 생각과 달리 꼭 한번 가볼 만한 곳이라고 생각하였다. 그렇게 찾아간 발리는 덴파사르 근교(近郊)에 위치한 응우라라이 국제공항에서부터 예사롭지 않았다. 신들의 섬답게 공항 출구에는 비슈누의 화신 크리슈나가 가이드와 함께 우리를 마중한다.

　이튿날 여기저기 거리를 살펴보니 대로변, 골목길, 벤치, 담장 등 별 의미 없어 보이는 시설물 위에 제물들이 지저분하다 싶을 만큼 널려 있었다. 신이 깃든 곳이면 어디나, 매일 혹은 하루 3번 이상 공물을 바치므로 그 시간이 절대로 적지 않다. 집집이 힌두사원이 있고 동네마다 크고 작은 사원과 탑이 있어 사원 천국이다. 제물을 매일 올리지 말고 며칠에 한 번 혹은 일주일마다 올릴 수도 있을 텐데, 추앙하는 신의 종류도 많고 오랫동안 관습에 의해서인지, 그게 어려운 가 보다.

　인도네시아는 전체 인구의 약 90%가 이슬람을 믿는 이슬람 국가 다. 우리는 휴일이 일요일이지만 이슬람은 휴일이 금요일이다. 금요 일도 쉬고 토요일도 쉰다. 이슬람을 믿는 사람들의 호칭은 남자는 '무슬림', 여자는 '무슬리마'라고 호칭한다. 반면, 발리 주민의 90% 이상은 힌두교 신자다. 15세기경 자바지역 힌두 왕조가 몰락하면서 승려와 왕족들이 대거 발리로 피신하여, 발리 원주민은 대부분 산속 으로 들어가고 힌두 이주민이 발리섬의 정치, 경제, 종교의 주도권을 잡고 힌두교를 전파했다고 한다.

　이에 따라 이슬람을 믿는 자바섬과는 완전히 다른 나라 같은 느 낌이 든다. 그리하여 인도네시아 다른 지역에서는 볼 수 없는 발 리만의 색다른 모습과 문화체험을 할 수 있다. 이는 발리 토착 신 앙과 융합한 힌두교가 인도와는 다른 '발리 힌두교'라는 독특한 종

발리 힌두교 사원

교로 발전해 왔다. 이러한 종교적인 문화가 발리를 세계적인 관광지로 만든 원동력이라고 볼 수도 있다

발리 어디에서나 볼 수 있는 차낭사리 (Canang sari)에서 우리는 그들의 종교가 발리인의 생활 속에 얼마나 깊이 깃들어 있는지를 알 수 있다. 발리어로 차낭 (Canang)은 '야자수 잎으로 만든 조그마

차낭사리

한 바구니', 사리(sari)는 '꽃'을 말한다. 발리 여자들은 일출과 동시에 노란 코코넛 잎을 둥글게 그릇처럼 접어 그 안에 주로 봉숭아꽃, 동전, 밥 등을 넣은 차낭사리를 향과 함께 얹어 신이 있다고 믿는 곳 어디에나 공양물로 바친다. 이때 큰 제사장에서는 주로 여성이 전통 복장 차림으로 향을 준비하고 발리 전통 술이나 성수를 뿌린 후 짧게 기도를 한다. 여자들은 하루에도 몇 차례 공양물을 바치기도 하며 남자들은 신을 위해 온종일 춤추고 연주하며 조각과 그림을 그린다.

발리 주민의 종교에 대한 믿음은 남녀노소 빈부격차를 막론하고 경이로울 정도로 경외할 정도다. 아무리 가난해도 누구나 집에 조그마한 신전(神殿)이 있고, 살아가면서 평생 겪는 보편적 예법에서 힌두교의 관례를 따른다. '우파차란'이라 부르는 여러 가지 제사를 생업보다 더 중요하게 생각한다. 사원에 들어가기 위해서는 의관을 격식에 맞게 차려입어야 하는데 보통 외국인들은 '사롱'이라는 치마 같은 의

상을 입는다.

발리 주민은 결혼하면 남자 쪽 신분을 따라야 하며 의무적으로 종교 단체에 가입하여 삶의 매 순간을 신과 함께한다. 세계적인 관광지 발리는 대양주와도 가까워 외부로부터 받는 문화의 영향이 클 법도 하지만, 세월이 흐를수록 전통문화에 대하여 더 강한 애착을 보이고 있다. 발리 주민들은 물을 관리하며 종교와 노동을 포함하는 생활 공동체로 '반자르(Banjar)'를 운영하고 있다. 반자르는 100가구 단위로 구성되어 삶에 필요한 모든 행사는 반자르를 통하여 이루어진다.

그들은 여기에서 여러 가지 관습법이나 종교적 규칙을 따르지 않으면 구성원으로의 자격이 박탈될 수 있으며 발리 주민으로 생존하기가 어려워진다고 한다. 현지인을 위해 끊임없이 열리는 종교성 축제는 줄어들 줄 모르고, 사원의 수는 오히려 늘어난다. 발리에서 신은 인도에 비교해 보이지 않는 존재로 인식되며, 따라서 신들은 천상계나 산상(山上)에 있고 제삿날에만 사원에 강림한다고 믿는다. 발리 전체에는 2만여 개가 넘는 사원이 있어 섬 전체가 사원이나 다름없어, 과연 '신들의 섬'이라고 불러도 전혀 손색이 없을 것 같다.

발리의 장례문화는 화려하다. 마을 축제로 볼 수도 있다. 내세에 다시 태어난다고 믿기 때문이다. 사람이 죽으면 일정한 곳으로 옮겨져 화장 전까지 정화 의례를 행한다고 한다. 부유층은 곧바로 화장하지만, 가난한 이들은 마을에서 공동으로 함께 해줄 때까지 임시매장을 한다. 발리에서 죽은 사람은 부정(不淨)하게 생각하기 때문에 사원 앞으로 지나갈 수가 없으며 관의 형태도 신분에 따라 다르다고 한다. 간과해서 안 될 것은 지금도 발리는 평민이 대부분이라는 것이다.

쏴악 흐르는 계곡물 소리가
더욱 크게 들리는 듯

급류 타는 전율과 도전정신
주변의 빼어난 산세가
강물에 반사되어
그림 같은 절경을 뽐내고

고무보트를 타고
심신 계곡의 열대우림을 감상하며
때론 급류와 폭포
여기저기 나타나는 장애물에
부딪혀가며 즐기는
스릴 넘치는 레포츠

헛~ 둘! 헛~ 둘!"
노를 저어
바이킹 구령에
보트가 좌우로 심하게 움직여

물세례에 물벼락도 맞고
풍덩 강물에 휩쓸리는
이열치열의 피서
아융강 래프팅.

　　　　　　-「아융강 래프팅」全文

우기(雨期)가 아닐 때는 아융강 계곡물은 회색빛을 띠며 오염되지은 청정(淸淨)한 강이다. 아름다운 강이라는 뜻을 가진 아융강은 협곡을 따라 흐르는 급류가 순수하게 보존된 열대우림의 천연적인 정글 속으로 물보라를 치며 굽이굽이 흘러가고, 강변 곳곳에 떨어지는 크고 작은 폭포수 또한 절경이다. 두 시간이 찰나로 가버린 순간이 언제 또다시 오겠는가!

바위에 부딪혀 구르고 뒤집히며, 폭포수의 천근의 무게를 이겨보려는 듯 노란색 헬멧에 내 몸을 맡긴다. 출발 장소로 다시 올라가는 언덕길로 함께 가는 60대의 가녀린 할머니가 체중보다 더 무거운 푹 꺼진 고무보트를 머리에 이고 맨발로 한 발 한 발 가파르고 거친 계단을 오른다. 이고 든 저 늙은이 늙는 것도 서러운데, 무슨 사연 있어 그 무거운 짐을 머리에 이실까!

바롱 댄스(Barong Dance)

가루다(Garuda)는 인도 신화에 등장하는 신의 새다. 인간의 몸체에 독수리의 머리와 부리, 날개, 다리와 발톱을 가진 모습이다. 불교에서도 가루다는 성스러운 새로 여긴다. 가루다 상(象)은 현재 공사 진행 중인데, 높이 120m로 맨해튼의 자유여신상(93m)보다도 더 높다고 한다. 인도네시아 국가 문양에 사용되고 있고, 가루다 항공사가 있다. 가루다 공원에는 자연과 신이 공존하고 있으며, 관광객들이 노천 공연장에서 바롱 댄스(Barong Dance) 공연을 관람한다. 바롱 댄스는 힌두교의 서사시 『마하바라타』의 줄거리로 선의 상징인 바롱(Barong)과 악의 화신인 마녀 랑다(Rangda)와의 싸움을 테마로 하고 있는데 의상과 분장이 독특하다.

가루다 공원 곳곳에 피어있는 빨간색의 부겐빌레아가 유난히 시선을 끈다. 대개 사원 석문을 들어갈 때는 오른쪽이 신성, 삶, 선, 정화 등이 되지만, 나올 때는 반대로 악, 죽음, 부정, 어둠 등으로 바뀐다. 따라서 들어갈 때 신성은 나올 때 악령이 되고, 들어갈 때 왼쪽의 악령은 나올 때 신성으로 바뀐다. 즉 선과 악은 절대적인 개념이 아니고 동전 양면과 같아 그들은 서로 떨어질 수 없다는 세계관을 가지고 있다. 바롱 댄스에서 보듯 선의 상징 바롱과 악의 상징 랑다의 싸움은 절대로 끝나지 않고 영원히 지속한다는 이치이다.

울루와뚜(Uluwatu) 절벽 사원은 바다의 여신 데위 다누(Dewi Danu)의 배가 변신한 것이라고 한다. 울루와뚜란 고귀한 절벽이란 뜻이고, 경내에 가네샤 상이 있다. 장애를 물리치고 지혜를 얻게 해준다는 지혜의 신이자 농담과 균형의 신이다. 가끔 보이는 원숭이가 먹이를 달라고 재롱을 편다. 사원에 오르니 인도양의 푸른 바다가 시원하게 펼쳐져 있고, 건너편에 보이는 70m 정도 깎아지른 해안의 절벽이 장엄하다.

인도양의 푸른 바다

드라마 "발리에서 생긴 일" 촬영지로 유명세를 치렀으며, 옛날 힌두 성자가 이곳에서 명상하였다. 영화 "파피용"에서 주인공, 스티브 맥퀸이 저런 곳에서 뛰어내린 것이 아닐까! 몇 번째 파도에 뛰어내렸을까? 부서지는 파도와 절벽을 배경으로 사진 한 컷 '찰칵'하기에 시원한 장소였다.

시간은 유수와 같이 흘러 발리의 여행 일정도 짐바란 일몰(sunset)처럼 저물어 가고 있었다. 불에 구운 해산물 맛보다는 해 질 녘 짐바란 비치의 풍경과 황홀한 석양을 바라보며 해변 산책을 할 수 있어 좋았다. '발리의 성산 아궁산은 세계의 배꼽이며 활화산이다.'라는 것도 신과 연계시키며, 바다는 악령이 득실거리는 곳이라고 발리 대부분 주민은 믿는다.

　지난날 발리는 오랫동안 식민 통치하에서도 신들의 섬을 내세워, 오늘날 '지상 최후의 낙원'으로 발돋움하고 있다. 또한, 주변국보다도 온화한 날씨가 휴양지로서 발리의 발전에 한몫하고 있다. 근래에 발리에도 다양한 산업경제가 요구되고 있지만, 여전히 호텔 사업 등 주요 경제권을 외국인이 많이 차지하고 있다.

짐바란 일몰

8

나의 삶

'가장 소중하고 아름다운 시간'

'오래전부터 꼭 한번 떠나보고 싶었던 문학의 길'

최근 들어 우리 주변의 정세가 안정보다는 고난이 더 많은 듯, 고진 감래(苦盡甘來)라는 희망의 끈을 잡고 버티어 나갈 수 있는 것은 우리에게 문학이 있고 문화예술이 있기에 가능하리라 본다.

무의도에서

나뭇가지 끝에 서린 달빛

원래 누구나 가진 것이 없지만, 조금 조금씩 준비하여 오래전부터 꼭 한번 떠나보고 싶었던 문학의 길에 들어섰으니 꿈꾸던 세계에 포근한 둥지를 틀고 문학 세상에 십자가도 세우고 다가올 날들을 노래하고 싶다.

사람의 한평생을 무한대의 시간 선상 위에 올려놓았을 때 하룻밤 꾼 꿈에 불과한 것을…, 금강경의 구절이 오늘만큼 절절히 가슴에 스며드는 것은 작금의 세태가 잘 말해주고 있다.

근래 들어 매스컴이 발달하여서인지 지진 시대에 돌입한 것처럼 지구 여기저기에서 지진이 일어나고 화산이 폭발하여 수천수만의 인명 피해가 동시에 천문학적 숫자의 재산 피해가 자주 일어나 일상이 된 듯하다

코로나19는 무엇인가! 또 독도는 왜 자꾸 들먹이는가! 대학만 졸업하면 바로 좋은 직장을 얻는 호시절은 가버린 것 같다. 4년제 대학 나오고도 1~2년은 보통 집 안에서 썩는 사람이 부지기수다. 한 마디로 취업대란이다. 텔레비전에서는 청년실업이 화제가 되고 있다. 고급인력의 양산과 오랜 경기침체가 인간의 정서를 파괴하고 있다.

사람들은 말하기를 정부가 기업체가 근로자가 한 박자가 되어 힘을 합쳐야 한다고 한다. 일자리를 확대하고 고용 창출을 지원하여 국가경쟁에 부합하는 글로벌 스탠다드를 외치고 있다.

이에 우리 문인들도 시로 수필로 소설로 코로나19와 독도를 논하

고 일자리를 확대하고 고용창출을 지원하여 국가경쟁에 부합하는 글로벌 작품이 많이 탄생하여야 할 듯하다.

한줄기 투명한 햇살

따르릉! 따르르릉! 요란한 소리에 본능처럼 손을 뻗어 꾹 꾹꾹! 핸드폰을 납작하게 눌러 버린다. 문력이 일어나고 힘들 때 쉬어 가며 사랑이 샘 솟는 따뜻한 보금자리에서 이불을 젖히고 갑자기 일어난다. 부드러운 핸드폰 소리가 자명종 역할을 하니 밤늦게 잠들어도 지정된 시간에 틀림없이 깨워 주어 예쁘기 그지없다.

매일 하루의 시작을 같은 시간에 할 수 있어 여유롭다. 각각의 진행 중인 원고가 컴퓨터를 열면 한눈에 들어온다. 사업과 일상의 일이 메모와 컴퓨터 그리고 머릿속에서 어지럽게 널려 있다. 의료기술의 발달로 과거보다 평균연령이 많이 길어지게 되면서, 세인들은 노후 준비를 연금이나 경제적인 가치에 주로 두고 있다. 그로 말미암아 희비가 엇갈리고 행 불행에 자신의 인생을 내맡기고 있다.

주변에서 가끔 어떤 문인이 "나는 백수야!"라고 서슴없이 말한다. 재미로 말했건 실제이건 간에 문인은 진정한 의미에서 백수는 없다. 시간이 조금이라도 나면 원고나 컴퓨터 앞에서 무언가를 쓰고 구상한다. 가끔 80대에 등단했단 소리를 듣고 '그 사람 참 지혜로운 사람이야!'라고 마음속으로 중얼거린다. 문인은 가난을 초월하고 인생을 연장하며 건강을 추구한다. 노후에 문인은 이렇게 외친다.

"지금, 이 순간이 나에겐 가장 소중하고 아름다워라."

제주도에서

문인과 술

　나는 술을 별로 좋아하지 않는다. 체질적으로 술과는 조금 거리가 있다. 젊었을 때 폭음을 하거나 밤늦도록 술을 마신 적이 있다. 그 덕분에 주량이 늘어 자부심을 품고 자랑으로 늘어놓기도 하였다. 40대가 되자 건강에 적신호가 와 금연과 절주를 오랫동안 하다가 문인들의 모임에선 술을 마신다. 술 예찬은 아니지만, "나는 문인들을 이해하기 위해 술을 마시고, 문인들과 관계를 맺기 위해 술을 마시며, 문인들이 써내는 글과 그것이 일으키는 효과를 알기 위해 술을 마신다."고 할 수 있다.

　'주성(酒聖)'으로 불리는 조지훈 시인은, 술꾼의 단수를 바둑처럼 18단계로 나누어 술꾼들에게 급수를 매기면서 술을 마셨다. 시인 천상병은 향수병을 양주병으로 잘못 알고 마셨으며 거리에서 아는 사람을 보면 돈을 달라고 해서 그 돈으로 무조건 술집으로 달려갔다고 한다. 소설가 이외수도 음주 상태에서 창작활동으로 작품을 써내기도 하였다.

하지만, 술은 으레 비극을 부르는 원천이 되기도 한다. 어떤 시인은 한겨울 밤 동료 문인과 술을 마시고 돌아가던 길에 개천으로 떨어져 그대로 동사하고, 만취 상태로 차를 몰고 가다가 전봇대를 들이받고 삶을 마감한 이도 있다고 한다.

나는 신문이나 방송에서 술 이기는 사람 있다고 보거나 들은 적이 없다. 술을 마시되 자세가 흐트러짐이 없도록 하고 바른 말 고운 말을 쓰며 전주 자에게도 따뜻한 배려가 필요함을 느낀다.

·채석강 책 바위에서

9

라오스 사람들

　　　　라오스 비엔티안 여행을 며칠 밤을 설쳐가며 설레며 기다렸다. 미지의 새로운 세계 라오스가 살기 좋은 기회의 나라라고 알려져 있기 때문이다. 기내에서는 자리가 협소하였지만, 집에서 서로 가져온 음식을 나눠 먹고 잠시 눈을 붙이는 사이에 항공기는 어느덧 비엔티안에 도착하였다.

　일행은 공항에서부터
"싸바이 디!(안녕하십니까!)"
를 외쳐댔다. 발음이 정확하지 않아서인지 공항 직원이 씩씩 웃다가 자신들도
"싸바이 디!"
한다. 주변 사람들이 모두 쳐다본다. 호텔에 도착해서도 경쟁적으로
"컵 짜이 라이 라이(대단히 감사합니다)"
를 외쳐대는 바람에 파안대소(破顔大笑)를 금할 수 없었다. 이튿날 아침 식사를 하고 호텔에서 나오자 화창한 날씨가 한국의 초가을 같아 외국에 왔다는 실감이 별로 느껴지지 않을 만큼 친근감을 느꼈다. 거리의 풍경이 그렇고 사람의 모습이 어쩐지 낯설지 않았다.
　달의 나라, 라오스는 동남아 뉴욕타임스지가 선정한 '한 번쯤 가봐

야 할 여행지'라고 한다. 라오스는 국토의 면적이 한반도와 거의 비슷한 데다가 인구는 1/10이어서 매우 살기 좋은 나라. 한반도가 7천만 인구에 국토가 10배라면 얼마나 좋을까! 라오스는 국민성도 좋아 지리적으로 매우 행복한 나라다. 날씨는 몬순 기후대에 속하여 건기와 우기로 기후적 특징을 지니고 있으며 연평균 기온이 23도에 가까워 세계적인 휴양지역으로 손색이 없다. 한국과의 시차가 2시간 늦고 인천공항에서 비엔티안까지 가는 시간이 귀국할 때보다 더 걸린다고 한다. 우리는 밤늦게 비엔티안 공항에 도착하여 걸어서도 갈수 있는 호텔에 버스로 도착하였다.

호텔에서 간단하게 아침 식사를 하고 비엔디안에서 가장 오래된 시사켓(Sisaket) 사원으로 발걸음을 옮겼다. 지금의 대통령궁 앞에 자리하고 있는 이 사원은 1565년 왕도를 천도할 때 옛 란상 왕국의 상징이었던 에메랄드 불상을 모시기 위해 건축하였으나 약탈당해 1936년에 프랑스에 의해 현재 건물로 재건되었다.

비엔티안

　사원 본당 안에서는 신발을 벗고 사진 촬영 금지였다. 우리는 작은 사원을 따라 걸으며 매우 큰 와불상을 보니 '서 있으면 더 좋지 않을까!' 하는 느낌이 들었다. 라오스는 내륙 국가이지만, 신(神)은 이 나라의 지하에 커다란 바다를 만들어 주었다. 눈에 보이는 바다는 없어도 소금을 생산해내는 콕사앗 마을은 지하로 물을 넣어 암염이라는 바위를 통해 소금물을 끌어 올린다. 지상에서 이 암염 수를 팔팔 끓이거나 햇볕으로 건조해 천연 소금을 만드는 염전은 끝이 보이질 않을 정도로 넓게 보였다. 이렇게 생산된 소금은 자급자족은 물론 수출까지 한다고 한다.

　　화려하지만 소박한
　　라오스의 얼굴 비엔티안은
　　달의 도시

　　순수로 물든 숲은

루앙프라방과 방비엥을
정겹고 포근하게
에워싸고

유럽과 아시아 문화가
잘 어우러져
평화로운 분위기가
관광객의 발길을 붙잡는 것을

땀 흘려가면서라도
그 뜨거운 만남을 위해
훌쩍 날아가리라
비엔티안으로.

－「비엔티안」全文

점심을 마치고 북쪽 휴양지로 유명한 방비엥으로 출발하였다. 비엔티안을 에워싸고 있는 오지의 작은 도시 방비엥은 어느 사이 여행자 천국으로 변모해 있었다. 방비엥에 단 두 개밖에 없는 엘리베이터가 있는 반사나 비엔티안 호텔에서 짐을 풀고 쏭강으로 롱테일 보트를 타러 갔다. 현대 포터를 개조하여 짐칸 양변에 좌석을 만든 차량, 우리나라 70년대 짐이나 싣고 다닌 트럭으로 비포장도로를 30분 정도 삐거덕거리며 타는 재미에 옛 기억이 되살아나 즐거웠다. 주변의 버스는 한국에서 시외버스로 가동했던 현대 버스 중고차인 듯, 내부 장식의 문구도 한국어였다. 그래도 성능은 좋아 보였다.

중국의 계림을 닮아서, 방비엥은 휴양도시로서 소(小) 계림이라고도 불린다. 해발 2,700m의 고지에 최고로 아름다운 지역이다. 한낮 기온이 31도에 이르고 때마침 겨울이라 날씨가 좋아 준비해 간 우산이 필요가 없게 되었다. 메콩강이 빚어낸 아름다움 자연을 그대로 이어준 쏭강은 붉게 노을 지는 방비엥의 정취를 더욱 아름답게 보여주었다. 강줄기를 따라 보트를 타고 가는 길목에 소 떼들이 유유자적 노닐고 주민들의 순수해 보이는 모습은 소박한 이곳 인심을 잘 대변해 주고 있었다.

이튿날 아침 호텔 현지식과 쌀국수로 조식하고 영화 "블루라군" 촬영지로 유명한 탐남 동굴 종유석 비경 탐험을 나섰다. 여행객 전용 트럭으로 이동하는데, 도로가 포장되어 있으나 비포장이 많아서 길이 좋지 못했고, 차선 표시가 안 되어 있어 가고 오는 차끼리 충돌의 위험이 다분히 있었다. 또, 도로가 정리되어 있지 않아 속도도 못 낸다. 탐남 동굴 탐사는 튜브를 타고 반쯤 물에 잠겨 쏭강의 지류를 타고 이동한다. 따라서 수영복 혹은 옷이 다 젖어 감기 걸리기 안성맞

춤이었다. 주변에는 청정지역 오지에서나 볼 수 있는 노랑나비가 떼를 지어 꽃잎처럼 날아다녔다.

콕사앗 소금 마을

약간의 휴식을 취한 후 방비엥 숲속에 늘어진 줄을 타러 집라인 출발점으로 갔다. 거친 계단을 이용하여 산 중턱으로 오르며 힘은 들었지만, 영원히 기억에 남을 추억을 위하여 우리는 타잔이 되어 이 산에서 저 산으로 숲속을 나는 여정(旅程)은 스릴과 서스펜스 넘치는 모험의 연속이었다. 고희(古稀) 혹은 희수(喜壽)나 산수(傘壽)를 바라보는 타잔 같은 사람들은 무슨 호기심의 제왕(帝王)이나 된 것처럼 슈 윙 줄 타고 날아가, 독수리처럼 나는 집라인 탐험은 아슬아슬 긴 시간 계속되었다. 힘든 것 아픈 것 다 없어지고 처음에는 조금 무섭기도 하였지만, 다들 생사를 넘나드는 듯한 아찔한 순간을 겪으며 하늘을 나는 재미에 시간 가는 줄도 몰랐다.

긴 다리를 건너 쏭강에서 짝을 지어 카약 위에서 노를 저으며 서로 물을 뿌리며 강물을 거슬러 타고 병풍처럼 둘러싸인 산과 파란 하늘에 떠 있는 뭉게구름을 배경으로 연신 카메라 셔터를 눌렀다. 강가에서 물을 먹는 소 떼들, 알몸으로 멱을 감는 어린아이들, 이웃 나라의 침략에도 굴하지 않고 자연에 순응하며 꿋꿋하게 살아가는 라오스인들은 너무나도 소박하고 때 묻지 않았다.

문명으로 인하여 훼손되는 자연환경과 물질 만능으로 각박해진 인심 때문에 혈육도 몰라보는 선진국 현실이 부끄러움을 가지게 하지만, 라오스는 옛 우리 조상들의 정서를 그려놓은 한 폭의 명화처럼 아름답게 보인다.

팟투사이

팟투사이는
비엔티안의 얼굴이며
문화의 상징이고
수직 활주로의 대명사이다

팟투사이는
방금 세수를 한
순수한 젊은이의 모습이며
수려한 차림의 반려자이고
미래다

팟투사이는
일몰의 조화로움을
대변이라도 하려는 듯

박하 향이 날 것 같은 푸른 물에
들뜬 마음을 사방으로 흩날리고

청초하게 수놓는
밤하늘의 별들과 함께
폭죽을 터트리며

메콩 강에 비치는
자동차 등불에
기쁨을 못 이긴 듯
밤마다
승리의 춤을 춘다.

- 「팟투사이 (Patuxay)」 全文

방비엥의 전통시장 몬도가네 시장으로 구경을 나섰다. 고기가 부족
했던 이곳에 예전에는 도마뱀 박쥐 같은 혐오식품을 팔았다는데, 지
금은 관광객의 증가로 생선 채소 등 공산품을 주로 팔고 있었다. 라
오스의 상징인 탓 루왕을 구경하고, 마지막 저녁은 "신닷까올리"라
고 하는 뷔페에서 바비큐 파티로 든든히 배를 채웠다. 팟투사이 독립
기념탑에서 잠시 머무르다가 아픔이 담겨 흐르는 메콩강 건너편 땅
을 무심히 바라보았다. 빼앗겨버린 땅을 아쉬워하며 뭔가를 당당하
게 보여주고 싶은 듯, 메콩강 강변 라오스 사람들의 삶을 엿볼 수 있
는 야시장의 활기찬 모습에서 식민지 시절의 아픔이 떠올랐다. 마치
잃어버린 땅을 되찾기라도 하려는 듯 힘차게 표창을 들어 풍선을 터

트린다.

  불교를 믿으며 사회주의 국가인 라오스 주민들은 1111 혹은 2222 등 4개 숫자를 선호한다고 한다. 닭, 개, 소 등도 풀어놓고 키운다. 그래도 저녁이 되면 제집으로 잘 찾아온다고 한다. 인구가 적어서인 지 벼농사도 베트남은 3모작을 하는데 라오스는 주로 1모작을 한다. '비어라오'라는 라오스 맥주, 유기농인 라오스 커피, 삼성전자 제품 은 라오스 사람들의 인기를 독차지하고 있다. 교통사고 시 경찰이 올 때까지 손을 못 댄다. 번호판이 노랑은 개인 것, 흰 것은 법인, 파랑 은 경찰, 적색은 군용으로 표시된다고 한다. 라오스 사람들이 한국에 서 가장 보고 싶어 하는 것은 추운 겨울 하늘에서 내리는 함박눈이 고, 차를 타고 라오스에는 없는 터널을 지나면서 신기해 짝짝 짝 손 뼉을 치는 것이라고 한다.

10
작은 꿈을 가꾸며

　　　서울에서 조안면 터널을 지나 양평대교에 들어서면 산뜻한 풀 향기에 그리움이 밀물처럼 가슴에 차고 든다. 이어 우뚝 솟은 용문산을 바라보며 춘천지역으로 들어서니 청정(淸淨)한 공기와 경치(景致)에 모두가 유쾌한 기분이 되어 성하(盛夏)의 계절을 만끽한다.

　춘천 입구에서 양구 쪽으로 조금 가다가 우회전하면 곧 김유정역이 나온다. 거기에서 걸어가도 될 거리에 김유정 문학촌이 있다. 김유정은 1908년 2월 12일 강원도 춘천 실레마을에서 팔 남매 중 일곱째로 태어났다. 그는 고향에서 야학 운동을 벌이다가 서울로 올라가 고향의 이야기를 소설로 쓰기 시작한다. 1935년 소설 '소낙비'가 조선일보 신춘문예 현상 모집에 1등 당선되어 신예작가로 활발히 작품

복숭아꽃 필 무렵

활동을 한다.

배후령 터널 지나니 40분 걸리는 오봉산 고갯길을 단 5분 만에 주파하여 시간과 경비를 절약하여 여름에 소낙비 겨울엔 폭설로 위험한 길을 단숨에 해결해주었다. 양구터널도 마찬가지로 꼬불꼬불 호숫길 따라 위험하기 짝이 없는 산기슭을 아슬아슬 달리다 보면, 조금만 속도를 내도 가슴이 덜컹, 50분 걸릴 길을 15분 걸려 해결한다. 시간이 흐를수록 우리나라의 도로가 선진국보다 더 발전하여 서울에서 양구까지 4시간 길을 2시간으로 단축해 강원도 험한 산길도 반나절 생활권으로 들어오게 되었다.

2005년 양구 "파로호 문학촌"은 방문하는 분이 대부분 문인이고 문학촌의 성격을 띤다고 하여 문학촌으로 간판을 달았다. 문학촌을 방문하는 문인들의 일부는 방문 전에 미리 날짜를 정하여 그날을 기다렸다가 방문을 하는 데 늘 그 기상(氣象)이 문제가 되었다. 문학촌 가는 도로에는 좌우로 살구꽃이 만발하여 전국 제일의 살구 거리라고 할 수 있다. "강변에서 빨래하는 여인"으로 잘 알려진 박수근 화백의 작품이 전시된 전시관을 보게 되어 보람 있는 문학 기행이 될 수가 있었다.

파로호 文學村

참 아름다워라
거제도 외도 수많은 꽃은
아름다운 바위보다 더 고운
보배롭고 화려한 아열대 꽃들이
바다 내음을 풍기며
보타니아 곳곳에서 만발하네!

여름이 오면 흥에 겨워
눈처럼 새하얀 파도가 어우러져
우리의 마음을 설레게 하네.

26종류 이상의 나무가 한 곳에서 자라는
한국에 하나밖에 없는
청정 양구 파로호 문학촌
새로운 시어로 작품도 쓰고
복숭아를 제외한 나머지 유실수가
밤나무만큼 자라 통로에 긴 의자를 놓고
찻집도 만들어 전국의 예술가들이
관광지 코스로 즐겨 찾는 환상의 문학촌

생각만 하여도
예술인들의 가슴이
따뜻함으로 활짝 열리면
이미 인근 문인은 물론
멀리서도 몇몇 작가님들이

방문하여 관심을 표명하고

"내가 이곳을 진즉
이렇게 멋진 곳을 하마터면
영영 못 볼 뻔했잖아요"

아니죠!
파로호 문학촌에는 많은 작가님의
사랑과 관심이 스며 있습니다
가끔 주는 쓴 영감에 힌트를 얻어
작가들이 즐겨 찾는 미래의 문학촌이
형성되어 가는 거죠!
이웃 산기슭 아래
토담집 몇 개 지어
시작에 골몰하는 작가님들의 모습에서도
영감을 얻죠!

이화가 만발할 때

외도 보타니아가
동양의 하와이라면
육지의 보타니아
파로호 문학촌을 꿈꾸며
많은 작가님의 정신적 지원을 받아
어설프게 두서없이 하나하나
진척이 되기를!

겨울에는 잘 들리지 못했던
양구 파로호 문학촌에
별장[컨테이너] 생기니
좁은 면적에 가득했던 유실수가
자식처럼 가깝게 느껴지네!

자두나무 열매가 주렁주렁

1. 앵두나무 연분홍 꽃잎 활짝 피고
2. 포도나무 껍질 벗겨주니 새싹이 빨갛게 터져 나오네
3. 사과나무 농약 많이 주길 바라고
4. 이화 피는 모습 우리의 마음을 설레게 하네
5. 도화 피는 모습 어릴 적 생각나고
6. 황도야 올해에는 열매 달리겠지

7. 매화 만발했을 때 사진 찰칵
8. 체리 참 잘 자라는구나
9. 밤나무 거름 주지 않아도 되고
10. 대추나무 작아도 열매 제대로 열리네
11. 오가피나무 잎, 뿌리, 줄기 다 반갑고
12. 감나무 너무 힘들게 자라 열매 맺지 않고
13. 두릅이 이곳저곳 군락을 이루려 하네

14. 살구나무 잘 커 살구꽃이 그립고
15. 모과나무 작아도 노란 열매 잘 열리고
16. 왕 벚꽃 나무 작아도 꽃송이 조롱조롱
17. 자두나무 잘 자라 열매의 천국
18. 호두나무 이번 겨울에 간신히 살아남고
19. 진달래가 사철나무와 울타리를 장식하네
20. 산수유꽃 여기저기 봄을 알리고

21. 석류나무 열매가 열리는지 소식이 없네
22. 은행나무 연초록 잎으로 생기발랄하고

23. 설중매 꽃봉오리 새빨갛게 터지네
24. 옻나무 잘 크지만, 옻 오를까 걱정되고
25. 늦게 트는 뽕나무 연초록 싹 힘차게 솟아나네
26. 엄나무는 울타리에서 경계근무 철저하네.

밤 줍기

4년 차 5년 차 나무들
자라는 모습 신기하구나

언젠가 작가님들
초라한 별장 어설픈 문학촌에
즐겨 놀러 오는 날이….

      -「작은 꿈을 가꾸며」全文

밤나무 묘목
한 번 심어 놓으면
뿌리 내리고
절대로 움직이지 않아

풀 뽑지 않고,
거름 주지 않고
물주지 않아도
절대로 탓하지 않는다

차라리 말라 죽을지라도

처음 심었을 때
오랫동안 비 오지 않고
무더운 여름 거쳐
가을까지 오느라
내내 흘린 땀 자국

가을 풍경 색색이 물들 때
가슴 속에 담아 두었던
사랑을 주는 행복한 마음에

아기 밤나무
흐뭇해하는구나!

아기 밤나무

-「아기 밤나무」全文

국토 정중앙에 있는 양구의 대표적 관광지 한반도섬은 양구 여행의 정수다. 육지에서 한반도섬으로 가는 길은 나무데크로 산책로가 조성되어 있어 신선한 기분을 조성한다. 파로호 호수가 에워싸고 있는 한반도섬은 양구인문학박물관에서 한눈에 보여 그 모습이 장관을 이룬다. 이곳에서는 북한을 자유자재로 드나들 수 있다. 평양은 물론 가장 가고 싶은 민족의 영산 백두산에 등산도 하고 사진도 찍을 수 있으며 파로호 명물 짚라인도 경험할 수 있다. 세계 유일의 DMZ에서 평화를 논의하고 DMZ가 사라지는 그날을 위해 조국 통일을 기원한다.

저 멀리 교각 끝에 한반도가 보이고 좌측 다리 건너 제주도가 연결되어 있다.

11

코타키나발루와 환상의 섬

　　말레이시아의 코타키나발루는 면적이 351㎢이고 인구는 약 55만 명이다. 해외여행은 2020년 1월 하순 코타키나발루에 코로나19가 제대로 전파되기 전에 갔다 왔다. 우선 코타키나발루는 열대기후로 월평균 기온이 18도 이상이다. 10~2월은 우기, 3~9월은 건기에 해당한다. 시차는 대한민국보다 1시간 늦고 지폐는 링깃(RM), 동전은 센트(cen)를 사용한다. 코타키나발루 공항에서 소형 버스를 타고 호텔에 도착 1박 하면서 기후가 열대지방에 온 느낌을 준다. 항상 해외여행은 먼저 경험한 자의 흔적이 도움이 될 수 있다.

코타키나발루 선착장

인천공항에서
4시간쯤 지나
도착한
코타키나발루는
동남아의 파라다이스

한국의 자연환경과 비슷한
말레이시아
키나발루산 아래
사바주

멋진 해넘이와
파란 하늘

주홍빛 노을이 아름다운
석양의 섬.

-「코타키나발루」全文

코타키나발루를 찾는 여행객 대부분은 한국인이고 하루에 도착하
는 단체 관광객만 1,000여 명에 이른다. 그다음이 중국인이다. 이슬
람 문화의 영향이 강하다. 키나발루산에는 열대우림으로 생태계가
잘 보존되고 있다. 거리에는 자전거가 거의 없고 반려동물도 보기 힘
들다.

바다에서 육지로
육지에서
천상의 계단을 타고

구름 위로
하늘로 오르고 싶다

바다는 파랗다
하늘도 파랗다

그 푸른 세계가
넓고
신비스러워

몸은 여기에 살면서
마음은 미래의 세상에
온 듯하네!

코타키나발루 천상의 계단

-「천상의 계단」全文

코타키나발루 해변에 하늘로 올라가는 계단을 만들어 놓고 "천상의
계단"이라고 씌어 있다. 그것도 한글로 선명하게 말이다. 지나가는 사
람들이 삼삼오오 신기하다는 듯이 모두 꼭대기까지 올라가 본다.

사진도 찍고, 한국 사람을 위해서일까! 아마 한국 사람이 가장 많이
찾는 곳이니까. 당국에서 배려한 것이 아닌가 한다. 인도의 시성(詩

聖) 타고르의 「기도」라는 시에 이런 시귀(詩句)가 있다. '불안한 두려움이 해결되기를 갈망하기보다는, 스스로 자유를 찾을 인내심을 달라고 기도하게 하소서.'

먼 옛날
열대지방 원주민들이
사용한 해먹

강우량이 많고
습도가 높아

바닷가 기둥이나
나무 그늘 같은 곳에
끈을 매어놓고

누워서
휴식을 취할 수 있도록
만들어진 그물

세월이 흘러
배
피서지
달 착륙선에서도
쓰이는 그물침대!

- 「그물침대」 全文

그물침대

파도 소리 들리는 바닷가에서 그물침대에 누워 해변의 쾌적함을 느껴본다. 피부를 스치는 바닷바람과 파도 소리가 어우러져 환상의 멋진 경관을 연출한다. 용도에 따라 가정, 사무실, 직장, 공원, 여행지 어디에나 쉽게 설치하여 긴요하게 쓸 수 있는 그물침대는 우리 생활에 꼭 필요한 필수품이 아닐까!

넓은 모래사장에서
해수욕을 즐기다가

원시림이 잘 조성된
바닷가

야자수로 지어진
2층 전망대에서

라야라야비치의 풍광을
한눈에 담는다

전망대에서 바라본
최고로 멋진 석양을 그리며

어디론가 가야지
가야지

가슴으로 끝없이

상상의 나래를 편다.

-「야자수 전망대」 全文

야자수 전망대

코타키나발루 해변에 있는 야자수 전망대는 바닷가에서부터 저 멀리 저녁노을까지 볼 수 있어 우리를 설레게 한다. 야자수로 뒤덮인 전망대가 어린 시절 참외밭의 원두막을 보는 듯해 추억이 그립다. 수평선 넘어 바다를 바라보면, 파란 카펫이 깔린 듯 전망대 위에서 바라본 바다는 포근하고 여유로워 보인다. 때로는 싱싱한 회를 먹고 싶다. 태양이 이글거릴수록 내 마음도 뜨거워진다. 나아가 움츠렸던 몸과 마음이 활짝 펴지는 기분이 든다.

이슬람 사원

멀리서도
웅장하게 보인다

원형의 본관
떠받치는 육중한 첨탑
부속 건물이

우아하고 장엄하다

넓은 공간의 내부에는
붉은색, 초록색의 양탄자가
깔려 있고

검소해 보이는 실내를
맨발로 다녀

엄숙하면서도

인간미가 넘친다.

-「이슬람 사원」全文

이슬람 사원 내부

코타키나발루 이슬람 사원 블루 모스크가 색감과 건축물이 예쁘고
전체적인 모습이 짜임새 있게 파란 하늘과 푸른 잔디에 잘 어울린다.
그리고 내부에는 안내자의 해설로 말은 잘 통하지 않았지만, 의사 소
통은 대충할 수 있었다. '안녕하세요!'를 알고 영어도 좀 하는 안내자
덕택에 지루하지 않게 내부를 한 바퀴 둘러 보았다. 건물 입구에서
나올 때까지 내부에서는 누구든지 맨발로 다녀야 한다고 해서 입구
에 신발을 놓고 넓은 사원 내부를 안내해 주었다.

여기저기 돌아다니는

열대 고양이가

열대 고양이의 오수

식탁 테이블 위에서
오수(午睡)에 빠져 있다

감히 밥상에서
사람처럼 잠을 자다니

지나가는 사람들의 헛기침 소리에
눈을 떴다가는 감고
얼굴을 돌리는 척 다시 잔다

열대 고양이는 동네 사람과 같이 있다
한 가족일까?

한참 만에 돌아와 보니
그때도 자고 있다.

-「열대 고양이의 오수」全文

   고양이가 누워 있는 테이블은 사람이 모여 식사하는 테이블이다. 버젓
이 세상만사 잠자고 있는 모습을 보면, 사람과 식구처럼 같이 지낸 시간
이 오래되었다는 것을 보여주고 있다. 고양이가 인간을 사랑하고 주인을
따를 때 경계심이 없어진다. 과거에는 강아지를 사랑하였지만, 요즘은
고양이도 선호하는 시대에 도래했다. 고양이의 애정행각은 언뜻 보면 무
관심해 보인다고 할 수 있다. 고양이는 강아지와 달리 애정표현의 방법
이 다를 뿐 애정이 없는 것은 아니다. 고양이가 애정을 느끼거나 친구라
고 생각할 때는 머리를 서로 비비거나 배를 내보이는 것 그리고 꼬리를
치켜세워 비빌 때 등이다.

탄중아루 해변의 일몰

탄중아루 해변은 세계 3대 선셋(sunset) 중 한 곳이다. 바닷가에서 이리저리 거닐다 보니 왜 사람들이 이곳으로 모이는지 알 것 같다. 지는 해가 꼭 그림 같다. 일몰이 아름다워 해지지 말라고 소리를 지르기도 했다. 여러 사람이 선셋에 맞춰 같이 사진 찍으려고 하니까 어쩔 수 없는 것 같다. 그래서 나는 바닷가로 조금 들어가서 사진 찍었다. 그래서 사진에 일몰만 혹은 나랑 같이 나오게 찍었다. 수심은 그렇게 깊지 않으니까 무릎 아래까지만 들어가야 한다. 선셋 시간이 6시부터라고 수군거린다. 탄중아루 해변은 정말 사람이 많아 일찍 도착해야 드넓은 해변에서 고즈넉한 분위기를 느낄 수 있다.

어스름이 피어오르는
깜깜한
맹그로브 숲속에

작은 반딧불이가
수를 놓는다

반짝반짝
빛이 모여 추는 춤은
어느 불빛보다
내 마음을 흔들고

손전등 불빛 따라
점멸하는 불빛으로

뱃길을
안내하는 의로움!

반딧불이 체험

　　　-「나나문 반딧불이」全文

　반딧불 투어 업체가 안내하는 길이 좋지 않았지만, 저녁 무렵 팀별
로 배를 타고 어두워질 때까지 기다리고 있었다. 가이드가 오가면서
주의 사항을 알려준다. 선글라스를 벗고, 원숭이를 빤히 쳐다보지 말
것. 소지품 관리 잘하고 소리 지르지 말기 등이다. 일몰 관광객과 연
결되어서인지 유람선이 너무 많아 복잡하기 짝이 없다.
　날씨가 완전히 어두워지자 가이드가 손전등을 껐다 켰다 흔들면서
반복하니 양쪽 숲속에서 반딧불이 점점 많이 반짝반짝 쏟아져 나와
온몸에 달라붙어 놀자고 한다. 반갑다고 몰래 챙겨가거나 성가시다
고 죽이는 것은 금물이다. 차 타고 호텔 앞에 내리자마자 망고랑 망
고스틴, 두리안은 현장에서 시식하고 사서 숙소로 반입은 금지되어
있어 벌금을 문다. 호텔 내부에서 먹다가 과즙을 흘리면, 개미들이
너무 많이 몰리기 때문이라고 한다.

망망대해
갑판 위에서
어두컴컴한 바다로
조심조심 내려간다

생명줄에 의지한 채
사방을 살펴보니
말미잘이 반갑다고
손짓하고
물고기가 친구 하자며
가까이 왔다가
사라진다

수중 탐사

때로는
동족으로 보이는 듯

꽤 큰 물고기가
반갑다고
내 몸에 부딪혀
스쳐 지나간다.

-「수중 탐사」 全文

　수중 탐사를 한다고 해서 선택 관광으로 씨워킹(sea walking)을
선택했다. 보트를 타고 바다 한가운데에 위치한 체험장소에 가서 80

달러를 내고 씨워킹을 하느냐 마느냐? 결정해야 한다. 나이가 어리거나 연약한 사람은 되돌아간다. 한다고 했다가 다른 사람이 하는 것을 보고 무섭다고 포기하는 사람도 있다. 안전동의서를 써야 한다니까, 망설이는 사람도 있다. 바닷속으로 들어갈 때 헬멧을 씌우면서 다이버가 좀 거칠게 잡고 내려가는데 여자들은 매우 무서워할 것 같았다. 조금 지나 안정이 되었다. 나눠준 물고기 밥을 뿌리고 수중촬영을 부탁했다. 물고기는 신기하다는 듯 오히려 사람을 구경하고 장난도 한다.

둥근 원통형으로
지어진 로켓 빌딩

사바주의 미래를 상징하는
주 청사와 별관

사바주에서 가장 높은
건물로
세계 3대 건축물

기울어진 듯
사바주 청사가
소문이 나
관광자원이 되고 있다.

오늘도

관광객은
기울어진 주 청사를
지탱하는 포즈로
사진을 찍고 있다.

-「사바주 청사」全文

사바주 청사

강철과 유리로 만들어진 30
층 높이의 원형타워로 1977
년 완공된 이래 사바주 청사의
역할을 하고 있다. 하나의 기
둥에 의지한 로켓 같은 모양의
빌딩은 이 지역이 자연재해로
부터 안전하다는 것을 보여주
는 상징이 되기도 한다. 건물
하단을 보면 좀 특이하게 생겼
다. 사바주 청사 앞에 도착해
서 보니 건전지처럼 생겼다.
건전지 빌딩 혹은 로켓 빌딩이
라고 불리는 이유다.

사진 찍을 때 보면 수평이 안
맞는 것 같은데, 실제로 건물
이 살짝 기울어져 있다고 한
다. 그러나 기울어지지 않았다
고 주장하는 사람도 있다.

건물을 손바닥으로 살짝 미는 듯한 자세 혹은 손바닥에 올려놓고 찍느라고 야단법석이다.

연못보다 큰 호수
외나무다리로 연결된 판잣집
도시 속에 자리 잡고 있어
잘 보이지 않는다

그 호수엔
물이 별로 없다
물고기가 살지 않는다
식물도 잘 자라지 않는다

호수 주변에서 노는 아이들
표정이 밝다

과자를 나누어 줄 때는
어디서 왔는지
순식간에 모여든다

외국에서 탈출해온 주민으로
세월이 지나면 잘되리라는 듯
희망의 눈빛을 보인다.

    -「호수에 뜬 수상 가옥」 全文

수상 가옥

   호텔에서 멀지 않은 곳에 수상 가옥이 있다. 지나는 길에 보지 않아도 될 광경을 목격하였다. 바닷가에나 강가가 아니고 호수에 뜬 수상 가옥이다. 다 쓰러져 가는 집들이 호수 위에 둥둥 떠 있는 것처럼 보인다.

   누가 보아도 판잣집과 나무다리가 곧 무너져 내릴 것 같고 떠받치고 있는 기둥이 불안하게 기울어져 있다. 호수의 물은 흐르지를 않는건지 지저분하기 짝이 없다. 호수의 주민들은 외국에서 온 불법체류자로 정부의 지원을 제대로 받지 못하는 것 같다. 호수가 도심(都心)의 가운데에 있어 미관을 해치고 있다.

   집집이 빨래를 어디서 하는지, 창문에 걸쳐 널어놓은 세탁물이 유난히 깨끗해 보인다. 지나다가 건네주는 과자를 보고 아이들이 우르르 몰려든다. 아이들은 집과 가족이 있어서 그런지 표정이 밝아 서광이 비친다.

12

문경 오미자

경북 북부지대 문경에는 문경 새재가 있고 조령산이 있으며 김룡사와 대승사가 있다. 봄이면 온 산야에 진달래 붉게 물들고 가을엔 단풍이 흩날려 발길 닿는 대로 삼림욕도 하며 오솔길을 거닐어 보면, 문경의 사계절이 주마등처럼 떠올라 무릉도원이 이곳이 아닌가 한다. 크고 작은 소나무들이 그윽한 솔향을 풍기고 맑은 계곡물이 곳곳에 흘러내린다. 뛰노는 토끼와 다람쥐가 산객이 반갑다는 듯 가까이서 멀리서 눈빛을 반짝이고 까막까치가 배가 고픈지 빨갛게 익은 감나무에서 노래 부른다. 산길을 걷다 보면 길가에 쌓아 둔 돌무더기들이 유난히 시야에 들어온다.

문경 새재

누군가 정성스럽게 올려놓으며 무엇을 간절히 기원했을까 궁금해진다.

지형 때문인가! 근래에 와서 문경지역에 오미자가 많이 생산되고 있다. 문경이라는 말에서 우리는 흘러간 옛 고향이라는 인상을 지울 수가 없다. 고향과 타향은 현실 반영과 자연의 사랑 차이라고 할 수 있다. 전국이 일일생활권으로 되어 있고 어디를 가나 문경 오미자가 광고되어 굳이 도시와 시골을 따질 필요가 없다. 예부터 불려오는 문경이라는 명칭은 우리 모두 마음의 고향인 것 같다.

문경 어느 식당에서 식사하던 중 밀짚모자를 쓴 농부가 하는 이야기를 우연히 들었다. 배추밭에서 점심을 운반하기 위해 집으로 차를 몰고 가려는 참이었나보다. 밭에서 일하는 아줌마들이 "아저씨 막걸리는 꼭 오미자 동동주로, 알았지? 딴 거는 사와도 안 먹어"라고 누구나 할 것 없이 얘기한다는 것이었다. 나는 오미자 막걸리라는 말을 잘 듣지도 못했지만 괜찮은 막걸리도 많이 있을 텐데 오미자 막걸리 맛이 어떻기에 하고 호기심이 발동하였다.

돌아오는 길에 골목 어느 상점에 들르니 과연 냉장고에 여러 병의 분홍빛 오미자 동동주가 있었다. 언뜻 보니 오미자차도 보여 우선 오미자 동동주 한 병을 사서 서울 집으로 밤에 도착하여 시음해 보았다. 항상 아이보리 색상의 막걸리만 머리에 인식되어 있는데 연분홍빛 색깔의 막걸리가 느낌부터 새로웠다. 마셔 보니 옛날 그 특유의 시큼한 맛은 조금 없어지고 뭔가 선뜻 표현하기가 어려운 아주 느낌이 좋은 그런 맛이었다. 비록 동동주라고 씌어 있지만 한 잔 먹으니 뭔가 말하기 어려운 술맛에 땡겨 두 잔 먹고 석 잔 마시고, 적당히 취하는 것 같아 밭일을 더 즐겁게 할 수도 있을 것 같았다.

새재비

　문경 하면 산세가 험난하기도 하지만, 석탄이 많이 나기도 한다. 아
득한 옛날에는 이곳에 숲이 잘 자랄 수 있는 양질의 토질 환경이 잡
혀 있었다. 한양으로 과거 보러 문경 새재를 넘으면서 문경을 배경으
로 오미자에 대하여 어찌 시를 한 수 읊지 않을 수 있는가! 그중에서
도 문경에 새재비가 있다는 것은 우리 모두에게 마음의 고향을 느끼
게 할 수 있다. 그리하여 문경이라는 말은 고향과 타향을 아우르는
대명사라고도 할 수 있을 정도로 친근감을 느낀다.

　　그대 명성
　　온 세상에 드러내다

　　수려한 삶터
　　생동하는 문경
　　가는 곳이 명산이요
　　닿는 곳이 명경이라

풍요로운 산간 지역
맑은 물에 키운 생명
청정 계곡에 서린 전설
관민이 품은 넉넉한 인정

곳곳에 오미자 꿈
뜨겁게 자라나고
즐거움 속에
익어가는 빨간 열매

온종일 떠오른다
문경 오미자 산업 특구
붉게 빛나는
오미자 김치에
오미자 빈대떡에
오미자 막걸리에
오미자 동동주.

  -「문경 오미자」全文

　바위 밑 약수터에 잠시 앉아 목을 축이며 깎아지른 절벽 위의 소나무들, 맑은 계곡물과 새소리를 벗 삼아 그냥 터벅터벅 걷는 기쁨이 아닐까! 도심의 소음과 먼지, 아스팔트를 떠나 잡다한 일상을 팽개치고 오로지 거기 길이 있어 길을 가는 나그네처럼 오솔길을 천천히 걷고 싶다.

조곡 폭포

　그냥 사적지를 가보거나 또는 문경이라는 명성만큼이나 가끔 가보고 싶은 사계절. 문경에 봄이 오면 여린 녹색이 새순에 비쳐 애절한 마음이 젖어 흐르는 진달래가 활짝 피고, 여름이 오면 골짜기마다 쏟아지는 시원한 물줄기에 가슴을 쓸어내릴 수 있고, 가을에는 황홀한 단풍, 겨울에는 빙 폭과 어우러진 소나무의 웅장함을 볼 수 있다. 무엇보다도 아름드리 소나무, 맑은 물, 깨끗한 오솔길이 방문자의 마음을 온통 흔들어 놓는다. 문경의 약수는 새들의 울음소리와 기암 계곡으로 둘러싸인 청산 계곡에서 솟아나는 감로수로 이 물로 차를 끓여 마시거나 조롱박으로 약수를 한 모금 마시니 힘들었던 산행길의 피곤함이 씻은 듯이 달아난다.

　오미자를 생산하는 사람과 누구나 다 필요할 것 같은 오미자 손님이 서로 손을 잡고 축제 행사를 하고 생산지를 편히 방문하기도 하며 계곡에서 맑은 물도 마시며 문경새재로 등산이라도 한다면 더욱 건강을 챙길 수 있는 추억의 오미자 축제가 될 것이다. 조상들의 역사와 숨결을 느낄 수 있는 장소들을 청아한 새들의 노래가 맑은 물소리와 어우러져 짙푸른 녹음이 청량함을 가득 선물해 줄 것 같다. 누구라도 가보고 싶어하는 문경새재 길, 사방으로 뚫린 오솔길을 걸으며 아직 오염되지 않은 우리의 산하 특히 문경의 산수를 바라보며 수원지보다 더 맑은 물이 흐른다는 생각을 해본다.

도토리묵을 싸서 허리춤에 졸졸 흐르는 물줄기 따라 역사적 의미를 생각하며 걷다 보니 경관이 정말 수려하고 조곡 폭포가 흐르는 매우 아름다운 곳이기에, 산세가 험준하여 새들도 날아서 넘기 힘든 고개라 해서 그 이름이 유래되었다는 문경새재! 조선시대 영남의 선비들이 과거를 보려면 문경에서 이곳 새재 고갯길을 걸어서 세개의 관문을 통과하여 수안보, 청주를 거쳐 한양까지 내왕했다 하여 새재를 장원 급제 길이라 한다. 또는 새가 날다가 쉬어 갈 만큼 험준한 고개라 하여 새 재라 칭했다고도 하며, 새롭다는 의미로 옛길에 비해 새로 난 길이라는 뜻이라고도 하는 등 여러 설이 있는 고갯길이다.

문경 오미자를 마음속에 그리며 졸졸 흐르는 물줄기 따라 역사적 의미를 생각하며 걷다 보니 경관이 수려하고 옥류천이 흐르는 멋진 곳에 오미자가 자라 열매가 더욱 강렬한 아름다움을 주는지도 모르겠다. 문경새재가 지닌 지역적 환경에서 자라는 오미자는 역사적으로도 오래오래 편안한 마음으로 관조하고 음미할 수 있으니.

제3부

따뜻한 봄날에 북해도를

봄이라고 하지만
날마다 시도 때도 없이
싸락눈이 흩날리고
함박눈이 펄펄 펄
때로는
봄비가 눈과 섞여 내리니
봄 같지 않네

13

내장사와 미당시문학관

찌는 듯 더운 9월 중순, 늦은 장마철 더위를 아직 시샘이라도 하듯 장대비가 억수로 퍼붓고 있었다. 몇이 함께 행사 전에 짜이는 여행 일자가 연기돼야 한다는 둥 행사(行事) 날 그 기상(氣象)이 문제가 되고 있었다.

내장사

이럴 때 천재일우의 기회인가! 사막에서 오아시스를 만나듯 여행 당일의 내리쬐는 햇볕이 만지고 싶을 정도로 반갑고, 산천초목이 깨

끗하여 온통 날씨가 여행을 배려하는 것 같았다. 우리는 모두 따뜻한 마음씨의 쾌거라 생각하고 내장사를 향해 즐거운 출발을 할 수 있었다. 언뜻 떠오르기는, 내장사 단풍과 미당 문학관이 독보적인 문인들의 휴식처가 되려는 듯, 멀리서 오는 손님들에게 화창한 날씨를 위해 누군가 무엇이 산신제를 올렸으리라.

차를 운전하며 멀리서 오신 분, 건강이 여의찮은 분, 초등학교 소풍 가듯 마음이 들떠서 아침 식사도 하는 둥 마는 둥 등 여러 가지 모습을 그리며 떡, 김밥, 생수와 구급대, 약품을 준비하였다. 마음속으로 오늘 하루의 무사 안전을 기도하며 강변을 따라 활기차게 차는 달리고 있었다. 대전을 갓 지나 내장사 입구 매표소에서 스님과 안내원이 이미 우리를 기다린다는 전화에 모두 탄성을 질렀다. 내장사 아래 멋진 식당에서 스님께서 절 음식으로 중식을 제공하였다.

이 가을에
단풍길 따라 달리는 버스
소싯적 설렘처럼
저 멀리 벼 벤 자국
을씨년스럽고
들판엔 기울어진 허수아비

참새 떼 훨훨 나는 내장사
젖는 듯 내려앉은 내장산 단풍
씻은 듯 파란 가을 하늘

흩날리는 은행나무 노란 잎 사이로

흐르는
문학 강의와 시 낭송

노란 국화 만발한 질마재 거리
미당 시 문학관
인촌 생가터에 비치는 저녁노을

세월 너머 저편
무념의 시간
아련한 추억이 가슴에 안기네!

-「내장산 단풍」全文

  '9월 말 설악산에서 시작한 단풍은 11월 초순 내장산에서 절정을 맞는다.' 우리 땅의 단풍 기상도는 늘 그렇다. 문학기행 세미나가 10월 24일로 잡혀 있으니 '이때쯤 단풍이 싹 튼다고 할까?' 노랗게 물들어가는 아기단풍이 내장사 입구를 온통 장식하고 있었다. 내장사를 방문하는 것이지만, 내장산 단풍 소식이 들릴 무렵, 우리는 불현듯 여행지에서 가을이 얼마 남지 않았음을 깨닫는다. 서둘러 단풍 구경에 나서면서 내장사 입구는 몰려든 사람들로 홍역을 치른다. 내장사 입구에 지천으로 걸려있는 스님이 쓴 시(詩) 족자는 '시는 곧 삶이다.'라고 말하려는 듯이 단풍과 함께 바람 소리에 어우러져 펄럭이고 있었다. 족자에 나타난 시의 의미는 부처의 가르침을 일러주는 듯 잔잔한 감동을 불러일으킨다. 내장사 족자가 없었다면, 방문객들은 단풍 구경 제대로 못 하고 쓸쓸한 겨울을 맞을 뻔했으리.

내장산은 몰려든 인파에 휩쓸려 당일로 허둥지둥 단풍 구경하고 돌아서기엔 아까운 산이다. 내장(內藏)은 '밖으로 드러나지 않게 안으로 간직한다.'는 뜻이고, 내장사의 옛 이름이 '신령을 숨기고 있다.'는 영은사(靈隱寺)이니 예나 지금이나 '숨기고 감추어 간직하는' 뜻만은 변함이 없다. 산세는 내장 9봉이라 일컫는 아홉 개의 봉우리가 말발굽형으로 안을 둘러싸고 있다. 내장사 입구 단풍은 내장사 지구가 국립공원으로 지정되고 잘 관리되어, 아무렇게나 생긴 대로 그냥 어우러져서 자연을 느끼게 하는 그런 곳이 아니다.

내장사 단풍

산길은 그 유명한 108그루 단풍터널 입구인 내장사 일주문에서 시작한다. 하늘도 땅도 사람도 온통 붉은빛으로 물드는 길에 들어서면 저절로 상기된 표정이 역력히 드러난다. 연두색, 초록색, 붉은색, 회색으로 계절마다 옷을 갈아입는 이 길을 걸으며 얼마나 많은 사람이 즐거워했을까! 어쩌면 사람의 미소와 기쁨을 구경한 단풍나무들이 더 기뻐했을지도 모른다. 이곳 단풍나무는 100여 년 전, 내장사 스님들이 깊은 골에서 자라는 단풍나무를 캐다가 백팔번뇌를 모두 벗어나라는 상징적인 의미에서 108그루를 심었다고 한다. 다음에는 백제 의자왕 20년(660년) 환해선사(幻海禪師)가 창건한 벽련암에도 들려보리라.

민가에 그린 그림(국화)

한 송이 국화꽃을 피우기 위하여
봄부터 소쩍새는
그렇게 울었나 보다

한 송이 국화꽃을 피우기 위하여
천둥은 먹구름 속에서
또 그렇게 울었나 보다

그립고 아쉬움에 가슴 조이던
머언 먼 젊음의 뒤안길에서
인제는 돌아와 거울 앞에 선
내 누님같이 생긴 꽃이여

노란 네 꽃잎이 피려고
간밤에 무서리가 저리 내리고
내게는 잠도 오지 않았나 보다.

- 서정주, 「菊花 옆에서」 全文

천고마비의 계절을 맞아 주말을 피하여 청계문학 회원들과 문학기행을 다녀왔다. 아침 8시 5분 중곡역에서 정시에 출발하여 내장사, 서정주 문학관, 인촌 김성수 선생 생가를 거쳐 42명 전원이 밤 9시 30분에 무사히 귀경하여 기쁘고 의미 있는 여행에 격려 박수를 보내지 않을 수 없었다.

미당시문학관

어린이들이 소풍을 가듯 약간 상기 된 분위기 속에서 버스가 출발하자 묵념에 이어 청계문학 회장은 인사말에서 좋은 날씨와 더불어 첫째도 둘째도 무사히 안전하게 돌아올 것을 강조하였다. 서울에서 하루 여행으로는 조금 벅찬 일정이었지만, 곱게 물들어가는 내장사의 단풍에 모두 감탄사를 연발하며 사진으로 추억 남기기에 여념이 없었다. 산나물 비빔밥으로 허기를 채우고 이내 차는 고창으로 달렸다. 질마재 따라 100리 길, 하늘은 높고 그 어느 때보다 청명한 가을 들판, 베다 만 벼 이삭이 고개를 숙인 채 "지금이 가을이오!"하고 말하는 것 같았다. 어디론가 정처 없이 걸으며 자연의 아름다움을 느끼고 싶었다. 고개를 넘으니 질마재 거리는 물론 미당시문학관 언저리에도 온통 국화가 지천이었다. 이어 김성수 선생 생가 앞마당에서 먹은 저녁 식사는 황혼과 더불어 잊을 수가 없다.

미당 서정주

미당시문학관(未堂詩文學館)은 봉암 초등학교 선운 분교를 개보수하여 서정주 시인을 위한 기념공간으로 조성하였다. 2001년 11월 3일 개관한 이곳은 미당 서정주 시인의 고향 마을이며 좌우로 생가와 묘소가 있다는 점에서 세계적으로도 희귀한 문학관이다.

미당은 만년에 기억력의 감퇴를 막기 위해 지구의 오대양 육대주에 높이 솟아 있는 1,628개의 산 이름을 암송했다. 미당 시인은 매일 아침 자택 뜰에 나와서 30~40분에 걸쳐 그 이름들을 불러 모아 공중으로 보냈다. 산에 직접 오르지는 않아도 정신의 힘으로 오르는 등산이었다.

미당시문학관

차에서 내리자 진한 국화 향기에 영혼이 맑아졌다. 논두렁 밭두렁 가는 길목마다 늘어선 국화꽃의 멋스러움과 운치는 우릴 설레게 했다. 「국화 옆에서」 미당 서정주 선생께서 국화가 되어 포근하게 우릴 맞이했으며 아늑한 고향 집 같았다. 우리는 문인답게 문학관을 관람했으며 생전에 웃고 있는 사진과 글이 벽에 걸려있어 선생님의 향기를 느낄 수 있었다. 내장사, 서정주 시 문학관, 인촌 김성수 선생의 생가를 다녀오신 문인들은 좋은 작품이 탄생하리라. 서로 화합과 단결하는 마음이 있다면 더없이 멋진 행사였으리!

14
독도에서 살리라

독도

홀로 잠든 긴 밤들이 있었네!
바람 소리 물결 소리 자장가 삼고
갈매기 벗 삼아 쓸쓸히 지낸
긴 세월 있었네!

태풍이 몰아쳐도

비바람이 스쳐도
돌 부스러기가 떨어져도
아파하지 않는 고고하고 의연한 자태

한반도에
가장 빠른 일출을
안겨 주는 외로운 섬
인생 반백이 넘어
이제 찾아오니
부끄럽구나

언제부터인가
하루에도 천여 명씩
방문하는 한반도의 동쪽 끝 땅
피붙이 독도

다음번엔
가재도구 싸들고 와
바위틈에 뿌리내린 식물들
콘크리트 바닥을 종종 기어다니는 새들
바닷가를 이리저리 헤매는 바닷게들과
오순도순 함께 살리라.

　　　-「독도에서 살리라」全文

일본인은 잊을만하면 독도를 자기네 땅이라고 주장한다. 독도가 한국 땅임을 그들이 잘 알고 있으면서 툭하면 우리의 속을 뒤집어 놓는다. 일본의 독도 영유권 주장과 관련하여 한국이 이 문제에 감정적으로 대응하기보다는 긴 시간에 걸쳐 국력 신장을 이뤄야 한다고 생각한다.

일본이 경제 대국으로 성장한 원인은 물건을 제작할 때 사용하는 사람을 배려하여 정성껏 만들고, 기술은 철저하게 밖으로 유출하지 않고 대를 이어 더욱 개발하기 때문이다. 요즈음 여행을 다니다 보면 독도는 우리 땅이라는 구호를 보고 듣는다. 이런 문제는 우리가 목소리를 높이고 시위를 한다고 해결될 일이 아니다. 우리는 일본 여행에서 흔히 이야기한다. 길거리에 담배꽁초 하나 볼 수 없고 도로에는 수입 외제 차량이라곤 단 한 대도 보이지 않아 소름이 끼친다고.

금방 열 받았다가 바로 식어버리는 냄비 같은 우리의 국민성이 바뀌어야 하겠다. 이제 우리에게 경제를 중심으로 스포츠, 예술 방면 등 일본을 앞질러 가는 분야가 늘어나고 있다. 일본 문화를 다문화의 하나로 대하면서 어디에선가 반일 민족주의가 대두하지 않도록 국제적인 의식 교육에 힘써야 하겠다.

먼 옛날
섬백리향 향기를 따라
어부들이 귀환하듯이

섬천리향의 향기에 매료되어

울릉도 도동항

오래 그리던
원시의 화산섬
울릉도에 왔노라

3무(無) 5다(多)만 하여도
그 향기에 취할 터인데

태어날 때도 울릉도에서
죽을 때도 울릉도에 서라는
관광국의 캐치프레이즈는

곧 섬 만리향이 되어
온 세계로 퍼져 나가

신비의 섬은
해저 도시 울릉도로
이름을 하나 더 넣어
수중생활을 하는
미래의 울릉도를
그리게 한다.

-「울릉도에 갑시다」全文

울릉도의 관문이자 독도로 가는 길목인 도동항에 발을 디디자, 주민들이 친절하고 주변 바닷물이 맑고 거리가 깨끗한 데다가 날씨마저 좋았다. 울릉도를 여기저기 다니면서 울릉도의 비경을 한눈에 감상할 수 있는 길이 울릉지역 곳곳으로 나 있어 천혜의 자연을 구경하기에 모자람이 없을 정도다. 깊고 푸른 바다가 산자수려(山紫水麗)의 울릉도를 에워싸고 인심도 좋아 코로나19의 방역 규제가 필요 없었을 것이다. 머지않아 울릉도는 승객을 위해 큰 배가 다니고 울릉공항도 탄생하리!

울릉도 풍혈

한여름에
4°C의 시원한 바람이 불어
음료수나 과일을
차게 하여 먹기도 하며
엄동설한 매서운 추위에도
4°C의 따뜻한 바람이 불어
지나가는 객을
잠시 쉬어 가게 하네

동굴 끝이
바닷물과 연결되어 있어
바람의 속도에 따라
근해의 풍랑과 비바람을
예측할 수 있고

옛날에도 이렇게
자연 냉장고가 있었는데

요즈음 내륙에도

여름에 천정에서
눈이 내리고
겨울에는
작열하는 인공태양 아래에서
해수욕을 즐길 수 있는

칸막이 큰 휴게소가 있었으면.

풍혈(風穴)은 사시사철 영상 4°C를 유지한다고 하기에 처음에는 신기하게 느껴졌다. 여름에는 시원한 바람이 겨울엔 따뜻한 바람이 돌 틈 사이에서 나온다고 하니 울릉도의 명소가 될 수밖에 없었을 것이다. 이런 현상은 돌이 많이 깔린 산비탈의 돌 틈으로 외부의 공기가 들어가 땅속을 돌아다니다가 대기 밖으로 나오는 순간 단열 팽창하여 급격히 열기를 빼앗김으로써 나타난다. 그 옛날에 냉장고가 없을 때 이곳에 음식이나 과일 등을 보관했다고 하니 격세지감(隔世之感)을 느낀다.

울릉도, 3단 봉래폭포

이름 모를 꽃들과 들풀
낯선 새들의 지저귐

바위틈에서 떨어지는
청아한 물소리

촘촘하게 들어찬
짙푸른 삼나무 숲

맑고 선명해 보이는
청정 공기

눈 속에서 자라는
명이나물

아름드리나무들의
시원한 숲을
고무 카펫 위로 거닐었던
그 순간이 그립구나

삼림욕의 개운함과
신비의 청정 계곡

몸과 마음을 살찌웠던
그 시절

한 번 스쳐 지나갔는데도
내 가슴 한 곳에
늘 자리하고 있네!

-「봉래폭포」全文

　시원한 물줄기에 힐링하는 봉래폭포는 울릉도 필수 관광지로 골짜기에서 흘러나오는 물이 합수하여 3단 폭포를 이루며 낙차가 30m 정도로 울릉도 남부 지역의 중요한 상수원으로 이용되고 있다. 주변에는 산책로가 여러 갈래로 만들어져 생태교육 장소로도 유명하다. 봉래폭포 전망대로 가는 길에 "천연 에어컨"이 있는데 돌 틈 사이로 시원한 바람이 나와 자연의 신비를 또다시 느껴 본다.

내수전 일출 전망대

정상으로 오르는 오솔길은
다람쥐와 산새 소리, 뱃고동 소리가
적막을 깰 뿐
절해고도의 외로움을
느낄 만큼 고요하다

원시의 아름다움을
그대로 간직한
산길을 따라
전망대에 올라서니
울창한 원시림
화산이 빚어낸 기암괴석
신비의 청옥 빛 바다

태고의 신비가 물씬 풍기는
절묘한 지형과 생태환경

탁 트인 동해에
보석처럼 떠 있는 정겨운 섬
죽도와 관음도가
한눈에 들어오고

주변에 널려 있는
미역취 부지깽이 고비 삼나물
전호 땅두릅 고사리 명이나물 등이

맑고 선명한 전망대의 정취를
더욱 짙푸르게 하네!

-「내수전 일출전망대」全文

울릉도 동쪽 끝에서 볼 수 있는 내수전 일출전망대는 해발 440m
의 높이에 있다. 일출전망대로 가는 길은 수많은 동백나무 등이 터널
을 이루고 있어 두 사람이 간신히 걸을 수 있는 완만한 오르막길이
다. 예전에 울릉읍 저동리에 사는 김내수라는 개척민이 화전을 일구
고 살았다 하여 내수전이라는 이름이 생겼다. 내수전 일출전망대 입
구에서부터 폭이 좁은 오르막길을 20분 정도 올라가면 일출 전망대
에 이르게 된다. 이곳에서 보는 일출도 장관이지만 저동항의 어화(漁
火) 또한 혼자 보기에는 너무나 아름다운 울릉도의 밤 풍경이다.

울릉도 너와집

그 옛날
섬사람들이
추운 겨울 눈보라 속에서
따뜻하게 생활해온 흙담집

사방천지가 온통
꽃들로 가득 찬 봄

여름에는
지천으로 널린 약초를 캐고
바닷가에 나가
이글거리는 주홍색 홍합도 따고

황야의 누런 가을빛 아쉬워
침묵의 사색으로
영혼을 살찌우네!

뒤란에
불쑥 솟아 있는
통나무 굴뚝
앞뜰에 쌓여 있는

장작더미
나무 울타리가 있는
울릉도의 작고 예쁜

돌 너와집을 사랑하며

나 역시 선인들의 길을 따라
대 자연에 귀의하리라.

-「너와집의 사계(四季)」全文

그 옛날에 강원도 산간지역에서 볼 수 있었던 너와집이 겨울에 눈이
많이 내리는 울릉도에서도 볼 수 있었다. 울릉도 전통 주거형태인 너
와집은 매서운 바닷바람에 날려가지 않게 하려고 지붕에 납작한 돌
덩이를 기와처럼 얹어 놓는 것이 필수였을 것이다. 너와(나무판자)를
이어서 지붕을 만들고 지붕 위에 돌을 촘촘히 올려 해풍을 막는다.
너와집은 산간 분지에서 주로 볼 수 있으며 지금은 관광객을 위해 보
존하고 있다. 울릉도 여행에 있어 대다수의 식당은 어디를 가든 산채
비빔밥을 맛볼 수 있어 전통 음식의 진수(眞髓)를 느낄 수 있다.

호치민 노트르담 대성당

베트남의 수도는 하노이이며 최대 도시는 호치민이다. 베트남의 국토는 약 330,000㎢이며 인구는 약 1억 명이다. 세계 5위의 쌀 생산국이며 커피 생산량은 세계 2위다. 후추 생산량은 세계 1위며 베트남 쌀국수는 한국에서도 유명하다.

노트르담 대성당

그 옛날
프랑스 식민지 시대인
19세기 후반에 건설된
높이 40m의 종탑

마르세유 항구에서
직접 공수한
화려한 창문과 붉은색 벽돌

천년 역사의 호치민을
동양의 파리로
거듭나게 한 대성당
주변 벽돌담에는
베트남의 역사를
말해주는
다양한 벽화가
지나가는 사람의
발걸음을 멈추게 한다.

-「노트르담 대성당」全文

힘찬 종소리가 울린다.

호치민시에 위치한 노트르담 대성당은 프랑스 식민지 시대에 부분적으로 건설된 부품을 마르세유 항구에서 직접 공수하여 조립한 창문과 붉은 벽돌은 당시의 예술 작품으로 탄성을 자아내게 한다. 뒤에는 중앙우체국이 있고 성당 앞 광장 중앙에는 마리아상이 있어 경건한 마음마저 든다. 광장에는 기러기가 평화롭게 날아다니고 온갖 꽃들이 늘 피어 있어 사진 찍기에 바쁜 사람들로 북적인다.

붕따우 예수 그리스도상

지붕이 빨갛게 보이는

호치민 붕따우
바이두아 해변에서
올려다본
197m의 뇨산 위에
36m의 거대 예수상

누구나 쉽게
올라갈 수 있도록
10cm 높이의 811계단을
못 오를 리 없건만

이를 모르는 사람들
지레짐작
등정을 외면한다

예수를 만나고 내려온
70대의 여행객을 보고

부럽다고
대단하다고
축하 인사를 한다.

-「예수 그리스도상」全文

천국으로의 여행을 위해 힘겨운 산행을 앞두고 잠시 바닷가 도로 옆에 의자 몇 개 있는 휴게소에서 우리 일행은 휴식을 취하고 있었다. 가만히 있어도 땀이 줄줄 흐르는 한여름 무더위에 모두 산행을 포기하고 동반자 한 명과 단둘이서 행단보도를 건너 그리스도 석상이 있는 산 정상을 향해 올라가기 시작했다. 뒤에서 올라가지 말라고 한다. 다른 팀에서도 고작 2~3명이 출발했다.

조금 올라가니 입구부터 공원처럼 가꾸어져 있고 첫 번째 계단에 1이라고 씌어있다. 계단이 811개라고 지나가는 사람이 수군거린다. 계단을 디디며 올라가도 별로 힘들지 않다. 계단 높이가 10cm, 넓이가 45cm쯤 되어 평지를 걷는 기분이다. 땀을 흘리기는커녕 올라갈수록 바닷바람이 불어 쾌재를 불렀다. 건축 당시 연로한 사람들의 탐방을 배려한 흔적이 보인다. 높이가 36m에 달하는 그리스도 석상 내부에도 계단이 있어 경건한 마음으로 어깨까지 올라가 아래를 내려다보니, 마치 기도를 하는 것처럼 경외감을 느끼고 세상을 평정하는 느낌을 준다. 왼쪽 어깨에서 바라보니 아름다운 붕따우 시내가 한눈에 들어와 잠시 환상에 젖는다. 내려오니 바닷가 그늘에서 쉬고 있는 일행들이 우릴 보고 왜 그 고생을 하느냐는 눈초리였다.

경제 도시 호치민시
너무 많은 오토바이 떼에
묻혀
보이지 않는 택시

앞뒤 좌우로
붙어 달리는

오토바이 군무(群舞)에
집단이 움직이는 듯

신호등도 없이
무 사고율을
자랑하는 오토바이들

무질서 속에
질서가 존재하는
삶의 향수이자
오토바이 천국.

-「오토바이 군무」全文

출근 시간

오토바이 천국 베트남에는 출퇴근 시간에 버스 승용차 오토바이가 앞뒤 좌우로 온통 붙어 다녀도 신기할 정도로 별 사고 없이 잘 다닌다. 인도 차도 구분 없이 신호등과 차선이 있는 건지 없는 건지 질서 있게 움직인다. 그런 가운데 5~6명이나 되는 가족이 오토바이 하나면 족하다. 지금 뭐하느냐고 보았더니, 오토바이를 타고 가는 아버지 등에 책을 펴 독서를 하고 있다. 버스 위에 오토바이를 싣고 장거리 여행을 하는가 하면, 관광지에선 오토바이 주차를 대신해주는 아르바이트가 인기가 있다. 웬만한 짐은 오토바이 하나면 충분하며 무엇이든 싣는다. 베트남 인구 1/3인 3천만 명이 오토바이 한 대를 소유하고 있다. 젊은이들은 거의 오토바이로 삶을 활성화하도록 한다.

호치민시 근교
무이네 사막

사막의 오아시스처럼
작은 사막 언덕
깨끗한 모래 먼지로
그 외관을 뽐내고

한낮엔 이글거리는 햇볕
습기가 없고
바람이 불 땐
눈뜨기가 어려워
특수 안경을 쓰고
썰매도 타며

4륜 바이크로 힘차게
봉우리를 넘나들며
사막에서
여행의 열정을 불태운다.

-「무이네 사막」全文

　규모가 크고 넓어서 무이네 사막이라 불리지만, 실제로는 모래 언덕이라고 불린다. 개량된 오토바이, 단찌차, 지프 등이 관광용으로 마음대로 길을 내며 속도 제한 없이 다니고 있다. 이에 따라 관광객은 고속으로 모자가 날아가고 허리가 꺾이는 등 멋진 라이딩에 기뻐하며 사진도 찍는다.

　운전을 기가 막히게 잘해 이리저리 달리며 튕겨 나갈 뻔하였지만, 라이딩이 끝나고 베스트 드라이버라고 칭찬을 했다. 또한, 한국어를 잘하는 드라이버 덕택에 시운전을 해볼 수 있었다. 스릴 있게 오르막 내리막을 달리고 나니 재미있고 기분도 상쾌해 반갑다고 하였다. 경사진 곳으로 가서 2달러 주고 빌린 썰매기로 썰매를 탔다. 특히 가족끼리 혹은 조별로 타면 나름대로 더 재미가 있겠다.

　사막의 모래가 먼지같이 작고 부드러워 신발이나 주머니에 모래가 수북수북 쌓여 여행의 참맛을 느끼지 않을까? 문득 다가오는 연노랑 사막에 온통 마음을 빼앗겨 버렸다. 신기루처럼 펼쳐온 은빛 사막은 석양에 곱게 물들어 가고 있었다. 여행은 내가 나에게 줄 수 있는 최상의 선물인 것 같다. 여행을 통해 나 자신을 되돌아보고 삶을 조금

씩 깨달아 가는가 보다. 언젠가는 이 기억 속에서 순간순간을 잃어
갈 것이다. 길 위에 문학의 힘을 빌려 그 흔적을 남긴다.

무이네 모래 언덕

붉은 모래로
흙탕물처럼 보이지만
흐르는 시냇물은 맑다

맨발로
부드러운 모래를 밟고
거슬러 올라가니
발을 마사지하는 듯

365일 물이 마르지 않아
붙여진
요정의 샘물

걸을 때
자박자박 물소리

양옆에 끝없이
붉게 보이는 모래 산

계속 걷다 보면
밀림을 지나
그랜드 캐니언에 온 듯.

　　　-「요정의 샘물」全文

　황토색의 개울물에 발을 적시며 거슬러 걸어가면, 흐르는 물소리는 들리지 않고 부드러운 모래가 기분 좋은 촉감을 느끼게 한다. 무척 더운 날씨지만 이상향을 찾아가듯 걷고 또 걸으니 마음이 시원하다. 드문드문 덥다고 상의를 벗은 남자들이 보여 바닷가도 아닌데 사람들 눈살을 찌푸린다.

　드디어 "요정의 샘물"이라고 하는 곳에 도착했다. 여행객의 관심을 끌기 위해 한 남자가 커다란 구렁이를 몸에 감고 쇼를 한다. 이곳은 일 년 내내 물이 마르지 않는다고 해서 요정의 샘물이라는 이름이 붙

여겼다고 한다. 더 올라가니 폭포가 있고, 예전에는 물이 무척 맑았
다고 한다.

요정의 샘물

16

어떤 기행(紀行)

　　　오늘날 결코 길지 않은 우리 현대 문학에서 다양하게 나타나는 주제 중에 하나를 골라 객관적으로 천착해볼 필요가 있다. 조명희의 「성숙의 축복」, 「경이」는 모든 존재가 파생되는 원형의 상징, 어머니를 소재로 하고 있으며 자유에 대한 욕망을 근원적으로 표현하고 있다. 우리는 다음 3편의 시에 나타난 이미지를 통해서 가난과 상처, 고통과 외로움을 극복하고 민족정신을 지켜내고자 하는 포석 조명희의 삶의 흔적을 시로 조명해보고자 한다.

　　조명희 문학은 한국 민족문학의 우뚝 솟은 봉우리다. 한마디로 파란만장한 그의 생애는 민족정신을 중심으로 한 격렬한 드라마였으며 한 편의 감동 서사시였다.

조명희 문학공원

포석 조명희는 갑오개혁이 있었던 1894년 8월 10일 충청북도 진천군 진천면 벽암리 수암부락에서 태어났다. 그는 서당에서 한문을 배웠고 진천 신명초등학교를 졸업했다. 13세에 결혼하고 서울 중앙고교에 진학, 1919년에는 문학을 하기 위해 동경으로 건너가 일본 도요(東洋)대학 동양철학과에 입학하였다. 1924년 잡지 『개벽』을 통해 시인으로 등단하여 같은 해에 최초 시집 『봄 잔디밭 위에』를 발간하여 현대문학 초창기에 시인으로 뚜렷한 선을 그었다. 1928년 러시아로 망명하여 블라디보스토크에 거주하며 산문시 「짓밟힌 고려」를 발표했다.

포석의 작품들은 장르를 막론하고 민족문학 역사에 반짝반짝 빛을 발하고 있다. 소설 『낙동강』을 비롯하여 희곡 『김영일의 사』 등 수필과 번역 작품 등 어느 하나 빛나지 않는 작품이 없다. 그는 1937년 러시아 수사당국에 체포되어 스탈린 정권이 일제 간첩이라는 누명을 씌워 1938년 5월 11일에 총살당했다. 1956년 극동군 군법회의에서 사형언도판결을 파기, 무혐의 처리 되어, 그는 복권되었다.

작가정신이 투철한 포석은 편안하게 자기 자리를 지키지 않고 불확실한 미래를 감수하며 끊임없이 다른 나라로 여행을 주저하지 않았으며, 결국 망명지에서 문학의 꽃을 피웠다. 포석 문학은 남북한은 물론 중국 조선족 그리고 옛 소련 한인문학에도 선구자로 추앙받는다.

탄생 100주년이 되던 1994년에 그를 기리는 모임, 포석회가 결성되었고 생가터에 그가 태어난 곳을 기념하는 표지비를 세웠다. 우즈베키스탄의 타슈켄트에는 포석의 상설기념관이 있고 '조명희 거리'

가 명명되기도 하였다. 블라디보스토크에는 그의 문학비도 세워졌다. 또 해마다 진천에서 열리는 "조명희 문학제"가 중국 연변에서도 열려 그의 문학정신이 빛나고 있다.

　　가을이 되었다. 마을의 동무여
　　저 너른 들로 향하여 나가자
　　논틀길을 밟아가며 노래 부르세
　　모든 이삭들은
　　다복다복 고개를 숙이어
　　"땅의 어머니여!
　　우리는 다시 그대에게로 돌아가노라" 한다.

　　동무여! 고개 숙여라 기도하자
　　저 모든 이삭들과 한가지….

　　　　　- 조명희, 「성숙(成熟)의 축복(祝福)」全文

　봄을 맞아 흙에 씨뿌리고 여름에 땀 흘려 가꾸고 가을에 추수를 한다. 어머니가 땅의 역할을 하고 있음을 인지할 수 있다. 모든 열매가 그대들과 함께 땅의 어머니에게 기도를 하고 있는 점에서 종교적 의미가 있다.

　　어머니 좀 들어주서요
　　저 황혼의 이야기를
　　숲 사이에 어둠이 엿보아 들고

조명희 문학비 경이

개천 물소리는 더 한층 가늘어졌나이다
나무 나무들도 다 기도를 드릴 때입니다

어머니 좀 들어주서요
손잡고 귀 기울여 주서요
저 담 아래 밤나무에
아람 떨어지는 소리가 들립니다
'뚝' 하고 땅으로 떨어집니다
우주가 새 아들 낳았다고 기별합니다
등불을 켜 가지고 오서요
새 손님 맞으러 공손히 걸어가십시다.

- 조명희, 「경이(驚異)」 全文

가끔 옛날 어머니의 이미지를 각인 시켜 주는 장면이나 상황을 만
나게 되면, 언제나 모성의 그리움에 가슴이 저밀 때가 있다. 인간에

게 어머니는 모든 존재가 파생되는 원형의 상징이다. 탄생한 생명은 어머니에겐 그지없이 소중한 것들이고 모성과 사랑은 그리움의 절정으로 묘사되고 있다. 조명희의 시에서 어머니의 이미지는 그의 시 세계를 이해하는데 중요한 의미를 지니고 있다. 어머니의 이미지는 모성애적 의미를 비롯하여 우주적, 대지적, 종교적 의미 등이 포함되어 있다.

「경이(驚異)」에서 어머니는 자연의 의미로 표현되며 이 시는 대지적, 우주적 세계관과 언어에 의한 관념의 승화로 압축시킬 수 있다. 즉, 어머니의 의미가 우주의 의미나 과일의 의미로 대응되고 있다. 어머니가 자녀를 낳듯이 우주가 생명을 생산한다는 진술이다. 여기서 어머니의 존재는 새 생명에의 탄생과 이에 수반되는 신비감을 가져오는 존재로 나타나고 있다. 따라서 어머니의 존재는 그 모두를 포함하여 다양한 인생사와 접목되고 있다고 보아야 할 것이다.

조명희 문학관

숨죽여 살았던 시절이 있었다
때로는 선인장도 살아남기 힘든 사막의 길을 걷고
모래바람에
뿌리까지 말려버리겠다는 듯이
이글거리는 태양으로 멈출 줄 몰라

목이 탈수록 더 많이 땀방울이 흐른다는 것을
보여주려는 듯
스스로 그늘을 만들어
시를 사랑하고 소설을 그리며
어린 영혼을 쉬게 하려는 포석의 문학

두 눈 속에 깊은 열정을 모아
강물을 물들이고
주름진 산등성이를 헤치며 달려온 마흔네 해

흔적을 찾아 불던 바람도
선구자의 발자국 아래 머문다

세월이 흐를수록 흔들리지 않는 지혜
낮은 데로 흐르는 겸손 그리고
젊은이의 혈맥을 찾아

이 나라가 숲으로 이루어진
뼈대 굵은 산맥들로 뻗어 나가게
내일을 떠받치는 조명희 문학관

이 땅이 넓어졌네

이 땅이 더욱 넓어져

눈이 부시게 목마른 영혼을 적시리.

- 장현경, 「어떤 기행(奇行)」 全文

위의 시 「어떤 기행(奇行)」은 조명희 문학관 탄생을 계기로 포석 조명희의 삶의 흔적을 서사적 이미지로 표현한 단시이다. 조명희 문학관은 2014년 4월 착공해 1년여 간의 공사 기간을 거쳐 2015년 5월에 개관하였다. 거대한 책을 모티브로 지어진 건물은 아름다운 건축물 '생거진천 건축상'으로 선정될 정도로 멋지고 현대적으로 지어졌다. 3층에는 문학제, 학술발표회 등이 가능한 126석 규모의 세미나실을 갖추고 있다. 문학관 앞 정원에 세워진 조명희 동상은 높이 5.7m로 전국 문학관 동상 중 최대 규모이다.

조명희 문학관이 탄생함으로써 진천, 도쿄, 연변, 블라디보스토크, 하바롭스크 등으로 문학의 길이 이어져 조명희의 문학정신이 일반 독자에게까지 완성 단계에 이르렀다. 위 시는 『포석 조명희 문학관 탐방』으로 2017년 청계문학이 가을 문학기행에 다녀와서 지은 조명희 문학에 대한 헌시(獻詩)로 2018년 발간, 『포석 문학』 2호에 실려 있다. "마흔네 해"라는 길지 않은 생을 마감한 소설가 조명희는 희곡 『김영일의 사』, 시집 『봄 잔디밭 위에』, 소설 『낙동강』, 산문시 「짓밟힌 고려」 등 불후의 명작을 남겨 영원히 살고 있다. '예술은 길고 인생은 짧다.'라는 말이 실감 나는 대목이다.

17
따뜻한 봄날에 북해도를

　　　　　1년 중 5달 이상 눈에 덮여있는 순백의 땅, 홋카이도에
는 옛 주인인 아이누족이 있었다. 먼 옛날 일본에 국가가 탄생하기
전에 일본 열도 전역에 살다가 북쪽으로 쫓겨 간 사람들이 있었다.
그들의 생활권은 홋카이도, 사할린, 쿠릴 열도에 이르렀고 일본인과
는 얼굴 생김새가 다르고 온몸에는 털이 많았다.

　일본 역사에 아이누족을 정벌하는 과정에서 쇼군의 체계가 탄생하
게 된다. 세월이 흘러 아이누족은 존재 자체를 부정당하고 숨어 살
다가 1990년대에 아이누족의 후손들이 목소리를 내기 시작했다.
1994년 일본에서는 아이누족 최초의 국회의원이 탄생하고 아이누

4월의 설경

언어로 된 사전을 만들기도 하였다.

　최근에 일본이 아이누족의 존재를 인정했다. 지금 일본에는 아직도 1만 3천여 명의 아이누족이 남아있다고 한다.

　　홋카이도(Hokkaido)는 북위 43도
　　함경북도 종성과 비슷하게 위치하며
　　우리나라 면적의 83%
　　인구는 5백 3십여만 명

　　봄이라고 하지만
　　날마다 시도 때도 없이
　　싸락눈이 흩날리고
　　함박눈이 펄펄 펄
　　때로는
　　봄비가 눈과 섞여 내리니
　　봄 같지 않네

　　영하 30도 한겨울에도
　　얼지 않는 시코츠 호수(湖水)
　　제 생긴 대로 모습을 드러내는
　　산과 수목들의 그림자가
　　윤슬과 어우러져
　　둘레 42km인 호안(湖岸)에는
　　신비(神祕)의 물결 더해 주는구나

　　광활한 영토에는

골퍼 천국을 이루고
살찐 말들은 짙푸름 위에
막힘없이 뛰논다.

-「북해도(北海道) 1, 4월 초(初)」全文

  4월 초순 서울에는 한낮에 초여름 같은 날씨가 여러 날 지속되고
있었다. 북해도가 함경북도 위치에 있어 기온이 궁금했다. 인천공항
에서 출발한 지 얼마 되지 않아 홋카이도에 도착하니 눈이 꽤 흩날리
고 있었다. 공항에서 나오니 온 천지가 눈 세상이다. 주로 화단이나
구석진 곳에 눈이 50~70cm 쌓여 있다. 눈이 여러 날 다져져 실제는
1m가 된다고 한다. 쌓인 눈은 얼어서 밟아도 그대로다. 이렇게 많이
쌓인 눈은 본 적이 거의 없다.

쇼와신잔

1943년 12월

보리밭에
지진과 함께
2년 동안 화산활동으로
쇼와시대에 생겨난 화산

402m 높이에
표면 온도 300도
세계 유일한 벨로니테
활화산
용암이 분출하지 못하고
대지가 융기하여 생긴
붉은색 고구마산

지금도 산 곳곳에
연기가 무럭무럭 솟는다.

-「북해도(北海道) 2, 쇼와신잔(昭和新山)」全文

쇼와신잔(Shouwashinzan)은 지금도 연기가 모락모락 피어나는
기생화산으로 개인소유이면서 국가의 천연기념물로 지정되어 있다.
지하에서 용암이 굳어지며 지진으로 솟아오른 활화산으로 지상으로
올라오면서 암석 기둥을 형성하고 대지가 융기하여 산봉우리가 된
것이다. 또한, 세계적으로 희귀한 화산으로 적갈색을 띠고 있어 이웃

하는 토야 호수와 한 폭의 그림을 형성한다. 하지만, 지금도 화산활동을 하는 저 산속에서는 무슨 일이 일어날지 아무도 모를 일이다.

온천 지옥 계곡

온천의 원수(原水)가 나오는 곳
노보리베츠 지옥 계곡

희뿌연 한 지옥의 분위기
출입금지 팻말
유황 냄새에
잿빛 물이 흐르고

료칸과 온천 거리에
분당 3,000리터씩 공급되는
다양한 종류의 온천수

80도의 뜨거운 온천수가
간헐천으로 분출하여
끓어오르는 수증기 지옥

나무도
풀 한 포기도 없는
붉은 황토색의 지옥 계곡.

　　　　　　-「북해도(北海道) 3, 온천 지옥 계곡」全文

　온천 지옥 계곡에 들어서니 바람 따라 변화무쌍하게 움직이는 수증기가 여기저기 솟아올라 지옥 같은 분위기에 젖는다. 거품이 일고 부글거리며 끓어오르는 풍경이 마치 지옥 같다고 해서 붙여진 이름이다. 흐르는 계곡물에 손을 넣어보니 60도 정도 되는 듯하다. 음용수로 허가되어 있지 않다고 영어 한국어 중국어 일어로 표시하고 있다. 이곳에서 멀지 않은 곳에 관광객들로 북적이는 온천 마을이 형성되어 있다.

　온천수는 청색 노란색 등의 색깔을 띠며 흐르는 물이 바로 온천 백화점의 원천 수다. 탐방로 끝부분에 간헐천이 있는데 3분마다 솟는

다고 한다. 수증기에서 나오는 유황 냄새가 코끝을 간질인다. 지옥
계곡 바로 아래 천연 족탕이 있고 온천수는 료칸, 호텔에 공급된다.

도리무시 우동

일본 우동에
국물이 없다

사각형 나무 그릇에
만두 감자 옥수수 닭고기를
섞어
쪄서 먹는 우동

소스에 찍어 먹는다
짜고 달고
담백하여
맛이 나네!

일본에는 우동 문화가 있다. 대를 이어 운영하는 것은 보통이고 창업한 지 500년이 지난 우동집도 있다고 한다. 우동 택시를 타면 원하는 스타일의 우동집을 안내한다. 우동 버스가 있어 우동 집마다 특성을 살려 광고를 하고 있다. 그리고 우동 여권과 우동 학교와 우동 자격증이 있다. 우동 자격증은 우동과 일정 지역의 다양한 우동집이 가진 특성을 필기시험으로 그리고 우동을 실제로 만들어보는 실기시험을 보는데 두 가지 모두 합격해야 자격증을 준다고 한다.

우동은 국수 가락을 소스에 넣어 건져 먹는 방법이 있고, 국수 가락을 소스에 찍어 먹는 방법이 있는데, 도리 무시 우동이 여기에 해당한다. 국수 가락을 끓이고 야채 등을 섞어 쪄서 사각형 나무 그릇에 담아 소스에 찍어 먹는다.

북해도 온천(노천탕)

캄캄한 새벽하늘에서
함박눈이 어깨 위로
펄펄 흩날리고
몸은 물에 가라앉아
땀이 뻘뻘

반갑다고
눈 그림을 그리는
앞산에 까마귀

은백색 탕에서 돌계단을 밟고
황금색 탕으로
만병통치인 듯
사람들 탕 치유를 한다

그 옛날 향수를 자극하는
호텔 노천탕
추억을 그린다.

-「북해도(北海道) 5, 노천탕」全文

홋카이도 호텔에서 눈 맞으며 노천탕 즐기기를 할 수 있다. 주로 오
전에 호텔 객실에서 노천탕으로 사람들이 모인다. 호텔 노천탕은 노
천탕의 절반이 외부로 노출되어 하늘에서 내리는 눈을 맞을 수 있다.
호텔 노천탕은 건너편 산기슭 소나무에서 반갑다고 노래 부르는 까

마귀가 있어 울타리가 되어주겠다는 듯 깍깍 인사를 한다.

　몸을 노천탕에 담근 상태로 내리는 눈을 맞는 기분은 겪어보지 않고는 말하기가 어렵다. 눈이 그치고 구름 사이로 햇살이 비치면, 쌓인 눈으로 그 정경이 정말 환상적이다.

삿포로 테레비 탑

삿포로 TV 탑은
147m 높이의 철탑

어디서나 잘 보여
북해도에서 가장 높은 건물

오도리 공원의 상징

TV 탑 전망대에서 보는
아름다운 삿포로의 밤.

-「북해도(北海道) 6, 삿포로 테레비 탑」全文

삿포로는 홋카이도 중심으로 인구는 약 200만 명이며 일본에서 다섯 번째로 사람이 많은 도시다. 삿포로는 근래 개발된 도시로 도시 정리가 잘 되어있으며 그 대표적인 곳이 오도리 공원으로 봄이면 꽃 축제 겨울엔 눈 축제 등을 기대할 수 있다. 삿포로 테레비 탑은 지난 세월을 잊은 듯 더 잘 보완하여 주변 규모가 크고 화려하다. 정말 저녁 풍경이 밝고 다채로워 삿포로 모든 관광지가 무료다. 그로 인해 주말이나 연말연시에는 사람들로 붐벼 여행을 포기해야 하는 실정이다.

18

오사카 기행

지진 후 무너진 바닷길을 보존하고 있다

일본에서 6번째 큰 도시
인구 150만 명으로
상업의 중심이며 아름다운
항구 도시인 고베에

1995년 1월 17일 새벽 5시 46분에
경고도 없이
지진이 도시를 흔든다

400년 동안 잠자다가
진도 7.2를 앞세워 20초 만에
고베는 초토화된다

5,502명의 희생자
23만 5천 명이 집을 잃고
10만 채 이상의 건물이 무너졌다
피해액은 1,500억 달러

목재 기둥에 무거운 기와지붕이
지진에 쉽게 무너져
89%가 안타깝게 희생되었다

재앙은 가끔 우연이 아닌
연속된 사건들의 결과를
따라다닌다.

　　-「오사카 기행 1, 고베 대지진」全文

　갑자기 느낌이 이상하다. 전등이 흔들리고 샹들리에가 바닥에 떨어진다. 책꽂이가 기울어지고 테이블 위의 물건들이 쏟아진다. 아, 지진이다. 내 몸을 숨겨야지 하면서 정신이 없다. 불행하게도 새벽에 지진이 찾아오다니, 잠결에 온통 난리다. 집이 무너지고 교량이 끊어지고 철로가 휘고 건물이 기울어져 파괴되었다. 수많은 희생자가 탄

생하여 전쟁이 따로 없다. 지진 지역은 온통 물난리 불난리 하늘로
치솟는 연기로 아비규환이다.

　　오랜 세월 수많은 사람이
　　이곳의 아름다운 사계를 그리며
　　건강과 복을 기원한다는
　　교토의 유서 깊은 물의 사원

　　좁은 산비탈로 올라가는 길 양쪽에
　　호화찬란한 간판이 빼곡히 박혀 있고
　　따가운 햇볕이 늦여름에도
　　여행객의 등 뒤에 숨어서
　　이리저리 계속 따라다니니
　　비 오듯 줄줄 흐르는 땀

청수사에 올라

층층이 절 마당에 들어서니
고풍스러운 법당을 신형 목탑이
주황색으로 에워싸
햇빛에 번쩍거려 눈이 부신다

인파에 떠밀리며 전망대에 이르니
못질이 전혀 없는 본당의 기둥
무거워 보이는 지붕이
거센 태풍을 끄떡없이 견디어내네

교토 시내를 내려다보며
절벽에서 흐르는 음용수로
손과 입 먼저 씻어내고
'장수, 건강, 학문'의 이치를 깨달으며
의중(意中)에 품고 있는 소원을 빌었네!

-「오사카 기행 2, 청수사(淸水寺)에서」全文

경주와 비슷한 청수사, 키요미즈데라에 올라가는 골목길. 와, 진짜 사람 많다. 조금 더 올라가니 향 하나에 10엔, 향 하나를 꼽고 소원을 빈다. '야, 머리 좋아져라.' '내 머리 좋아져라.' 어떤 이는 '건강 좋아져라.' 한다. 계속 올라가니 "엔무스비"라고 하는 신사가 있다. 연을 이어주는 신사다. 눈을 감고 돌에서 돌까지 조금 걸으면, 좋아하는 사람과 원하는 사랑이 이어진다고 한다.

올라갈수록 교토 시내가 더욱더 아름답게 보인다. 더 올라가면 "오토와 폭포"가 있는데, 저 물을 마시면 건강 사랑 학문이 이루어진다고 한다. 두 컵을 마시면 뜻이 이루어지는데 세 컵을 마셔버리면, 그 운수가 안 좋아진다고 한다. 마감 시간이 다 되어 방문한 모든 사람이 건강 사랑 학문의 기운을 받았다는 듯이 발걸음도 가볍게 내려가고 있었다.

인력거

관광하는 사람들
비행기 자동차로 왔다 갔다 하다가
무슨 일로 인력거를 타는가

금테 안경에 여송연을 물고
뉘 집 규수 서방이 되고 싶었는가
관광지에서 보이는 인력거

어름어름 손님을 태워
부드러운 동작에 밝은 표정으로
도란도란 이야기로 길을 내며
요리조리 달린다

자칫하면 넘어져 박힐 듯싶게
휘뚝휘뚝하는 인력거

운전대를 힘껏 잡은 팔뚝
불끈거리는
인력거부(人力車夫)의 맥박 소리

커다란 바퀴가 힘차게 굴러가듯
숨 가쁜 하루가 스쳐 지나간다.

-「오사카 기행 3, 인력거」 全文

몸집이 잘 다져진 청년들이 남에게 지지 않겠다고 목에 명찰을 걸고 인력거를 끌고 거침없이 거리를 다닌다. 괜찮은가? 싶을 정도로 작은 몸집의 소녀가 부끄러움은커녕 약도를 들고 설명을 해가면서 인력거를 단단하게 끌고 거리를 산책한다. 우리는 이 젊은이들에게서 일본의 국력을 느낄 수 있을 것 같다.

거리에서 동료를 만나면 미소로 인사한다. 인력거 일의 보람을 물으니, 이것도 관광 방법의 하나라고 설명을 한다. 인력거의 좋은 점은 초행의 관광객에게 가이드도 해주고 사진도 찍을 수 있다는 것이다. 인력거의 특성은 사람과 사람 사이를 연결해주는 것이란다. 헤어질 때 찍는 사진도 길 위에서 무릎을 꿇고 정중하게 찍어주고 친절로 송별 인사를 한다.

천수각

이곳은 낯선 성(城)
단순히
돌로 쌓은 성이 아닌 듯

무언가 두려운 듯
건널 수 없는 호수로
둘러싸인 탄탄한 성곽(城郭)

권력의 상징인 오사카성
그 위에 우뚝 서 있는 천수각

육중한 출입문
그 속에 드나드는 작은 문

바윗돌에 자라나는 검푸른 이끼들
빛바랜 팻말에 새겨진 기도문
오랜 세월 묵묵히 버텨오네!

-「오사카 기행 4, 오사카 성을 보고」全文

해자(垓字)

도요토미 히데요시는 아들 히데요리에게 적의 침입을 막기 위해 고

뇌 끝에 성벽과 그 둘레를 감싼 해자(垓字)가 필요하다고 즉 누가 공격해오면 오사카성에서 버텨라, 그러면 네가 살 수 있다고 하였다. 성곽에는 아들을 위해 수십 년 쓸 재화와 식량을 마련해 놓았다. 세월이 흘러 히데요시의 부하인 도쿠가와 이에야스가 반란을 일으켜 오사카성으로 쳐들어 왔다. 난공불락의 오사카성은 튼튼했다.

　도쿠가와는 고심 끝에 전략을 바꾸어 휴전을 제시했다. 그리고는 한 가지 조건을 내세웠다. 평화의 상징으로 해자를 메우자고 했다. 해자에 물이 많아 습기가 차면 건강에도 안 좋고 휴전하여 다시는 공격하지 않겠다고 하였다. 이때 사람들은 무엇을 선택할까 생각하게 된다. 아마 못 믿겠다고 하는 사람도 있었을 것이다. 원인은 히데요시가 아들에게 이솝우화를 가르치지 않아서일까! 한 나라를 지키는 데 힘이 강한 자가 정복한다는 것을, 결국 성은 함락되고 히데요리는 자살을 선택한다. 상대의 전략을 제대로 읽지 못한 히데요리의 측근들도 있었을 것이다.

오사카 밤 거리

깨끗하다
관광지나 거리에
휴지 하나
담배꽁초 하나
보이지 않는다

쓰레기는 휴대하여
매점 호텔 집으로
가져간다

자동판매기엔
음료수용 쓰레기통이
있다

거리를 걸어가며
담배 피우는 사람이
없다

다른 사람에게
폐를 끼치지 않는 성향의
극치다.

-「오사카 기행 5, 쓰레기통이 없다」全文

오사카 거리엔 쓰레기통이 잘 보이지 않는다. 아예 없다고 하는 것이 맞을까! 매점 앞에 있는 경우에도 선 듯 눈에 잘 띄지 않는다. 그 것도 매점에서 나오는 쓰레기만 버리는 것 같다. 도시에 쓰레기통이 많다 보면, 쓰레기통이 쓰레기로 보일 수 있다. 자기 쓰레기는 자기 가 처리한다는 원칙에서 사람들은 주로 쓰레기를 주머니나 가방에 챙겨 호텔이나 집 등의 쓰레기통을 이용한다. 하여튼 길거리에 담배 꽁초나 쓰레기가 보이지 않아 거리가 깨끗하다는 아름다운 인상을 주고 있다.

안개와 더불어

덜 먹고
덜 입고
덜 쓰는 문화가
녹아있는 관광버스

그리 불편하거나
옹색한 모습이 아니면서
환경 보존에
도움이 되네.

-「오사카 기행 6, 관광버스」 全文

　예를 들면 오사카 사람들은 물건을 사더라도 싼 것을 사서 자랑을
하고 친구를 사귀어도 무던하고 재미있는 친구를 선택한다. 그래서
인지 일본 개그맨의 대부분이 오사카 출신이고 낯가림이 적어 친구
를 만나서 침묵이 흐르는 걸 참지 못한다.

　관광버스도 마찬가지다. 한번 구입하면 폐차가 될 때까지 사용한
다. 틈만 나면 버스 외관을 수시로 청소하며 차내에서 음식을 먹을
수 없다. 하물며 아이스크림도 차내가 지저분해진다고 못 먹게 한다.
무더운 여름날 관광객이 내려 10분의 여유가 생겨도 절약한다고 에
어컨을 끈다. 기사 본인은 한여름 무더위에 땀을 뻘뻘 흘려도 꾹꾹
참는다.

　수돗물을
　그대로 마신다

　어디서든
　당연히 마실 수 있다

변기 덮개는
한여름에도 따뜻하다

손 씻은 물은
변기통으로 간다.

-「오사카 기행 7, 수돗물」全文

　호텔 목욕탕에서 나오는 수돗물은 식수로 쓸 수 있다. 세면기에서 사용한 물은 변기통으로 보내 재사용한다. 엄청 절약 효과가 있을 것 같다. 일본 호텔에 변기 덮개는 한여름에도 따뜻하다. 가정에서는 화장실 변기를 따뜻하게 하기 위해 온열 커버를 설치한다. 물론 껐다 켰다 할 수 있다.

태풍 1호, 태풍 2호
태풍 4호

지진 봄, 지진 여름
지진 겨울

쓰나미는
이재민에게 스트레스를
국민에겐 불안감을 증폭시킨다

자연재해 대국에서

재해 대처 선진국으로.

-「오사카 기행 8, 자연재해 백화점」 全文

유사 이래로 일본에는 태풍이 많았다. 태풍뿐만 아니라 지진과 화산 폭발이 빈번하였다. 근래에는 쓰나미도 드물지 않게 나타났다. 때로는 토네이도가 나타나 주변 일대를 완전히 쑥대밭으로 만든다. 자연이 만들어 낸 재해들은 인간에게 삶의 터전을 순식간에 파괴하고 끊임없이 스트레스를 주고 있다. 환경오염으로 인해 지구온난화가 지속된다면 이런 일은 더욱더 세게 일어날 것이다. 자연재해에서 벗어나 지구가 건강하게 우리도 건강하게 살아갈 수 있도록 서로 도와야 할 것이다.

제4부

만리장성에 서서

황제도 백성으로 돌아가고
열린 오문을 통하여
누구라도 어도를 걷고 있는
중화인민들
지금 세계를 향해
무소불위의 기업 권력을 휘두르네!

19

벳푸 온천 지옥

후지산

후지산(富士山)

홀로 우뚝

구름 덮인 봉우리들

모양도 각각

오색 빛 흐른다

세속에 찌든 마음
이곳에서 모두 씻겨

천상의 사람
천하의 자연
세상 시끄러움 끊고
열도의 동쪽 불의 영봉(靈峰)
창공 위에 올라 있네

지날 때마다
솟는 해 바라보며
세상 사는 번뇌
느끼지 못하고

가만히 살펴보니
수많은 봉우리에 빼어난 사계(四季)
굽이굽이 맑은 계곡
환상의 후지오호(富士五湖)
모두가
후지산을 우러르네.

-「후지산」全文

온천 관광의 대명사 '벳푸 온천 지옥'을 순례해 보니,
'산은 후지산이요, 바다는 세토, 온천은 벳푸'라고 눈에 띄네.

　첫 번째 관문, 도깨비 대머리 지옥에 들어서니,
에메랄드빛 물이 바다처럼 보이고 온천수로 만두도 찌네.
하지만, 회색의 진흙이 끓어올라 작은 구형을 만들어내는데
마치 삭발한 스님의 머리를 연상케 하고,
돌에서 연기가 모락모락 피어오르니 음습하여 진짜 지옥 같네.
　두 번째 관문, 바다 지옥에 들어서니,
억새로 만든 지붕이 두메산골 오막살이 집들을 연상케 하고, 주변에
는 뜨거운 온천수를 먹고 자란 나무가 사시사철 푸르러 이곳이 천국
이지 어찌 지옥이란 말인가!
　세 번째 관문, 산 지옥에 들어서니,
지하에서 솟구친 진흙이 식으면서 산을 닮아 사방에서
하얀 수증기가 푹푹 솟아오르니 영락없는 지옥이라.
　네 번째 관문, 솥 지옥에 들어서니,
수증기로 밥을 지어 신에게 바쳤다는데,
'솥 지옥에서 온천수를 마시면 10년 젊어진다' 하여 두 잔을 마셨네.

다섯 번째 관문, 도깨비산 지옥에 들어서니,
보르네오 섬의 가옥을 옮겨 와 온천 열을 이용해 악어를 사육하여 지옥을 만들었다.
우글거리는 악어들의 사투를 보니 지옥이 따로 없네.
　여섯 번째 관문, 흰 연못 지옥에 들어서니,
무색투명한 온천수가 연못으로 흘러들면 청백색으로 변하여 신비감을 준다.
95도 온천수가 압력이 서서히 낮아지면 독특한 색이 나타나며,
이 온천 열을 이용해 열대어를 기르고 있다. 아마존 식인물고기 피라니아도 볼 수 있어 가장 조용하고 자연 친화적인 온천이다.
　일곱 번째 관문, 피 연못 지옥에 들어서니,
고온, 고압의 화학반응을 일으켜 온천물이 핏빛처럼 보인다고 해서 피 연못이다.
이 진흙이 피부미용에 좋아서 비누로 만들어 판매된다.
단풍이 좋은 산책로로 조성되어 데이트하기 그만이다.
피바다처럼 보이지만, 이 진흙 또한 일본에서도 알아준다고 한다.

여덟 번째 관문, 소용돌이 지옥에 들어서니,

피 연못 지옥 바로 옆에 있어 일명 회오리 지옥이라고도 한다.

30분 정도 지하에서 끓다가 갑자기 용천수가 탁 튀어나와 온천 지역임을 실감 나게 해준다.

150도 열탕이 50m 솟는데, 데일까 봐 위쪽을 막아 놓았다.

간헐천의 진수를 느낀다.

규수 벳푸 지역의 온천은 원천 수와 용출량에 있어 일본 제일이자

현존하는 거의 모든 수질의 온천을 4천여 개나 보유하고 있어

온천 여행의 백미라 할 수 있다.

또한, 성분에 따라 다양한 색상의 뜨거운 온천과 증기가 분출되는 8개 코스에서

독특한 온천 경험을 할 수 있어, 관광은 물론 온천 열로 채소, 화혜 등 농사도 지을 수 있어, 화산 지진 등이 있지만, 결코 열악한 환경이라 할 수 없다.

-「벳푸 온천 지옥」全文

비가 갠 오후 일본 최대의 온천 도시 벳푸에 도착했다. 멀리서 보아도 온천장에서 품어져 나오는 수증기가 하늘로 치솟아 벳푸가 온천의 대명사임을 드러내고 있다. 벳푸 하면 떠오르는 8곳의 지옥 순례. 옛날에는 지옥 여행이 두려움의 대상이 되기도 하였지만 근래에는 인근에서 제일 좋아하는 여행지로, 나아가 관광객의 재미있는 구경거리로 탈바꿈하였다. 이곳의 온천수는 동식물에도 유용하게 이용된다. 체험 온천으로 관광객에게 쉽게 이용할 수 있는 음용수와 족욕이 여기저기 사용하기 편하게 설치되어 있다. 잘 보이는 곳마다 온천수가 건강에 좋다고 팻말이 붙어 있다.

다시 가보고 싶은 인도

　인도는 국토가 한반도의 15배 면적으로 세계 7위이고 인구는 14억 명으로 세계 2위다.

　참으로 넓고 인구도 많다. 인도하면 자유를 사랑하고 평등을 외친 마하트마 간디가 떠오른다. 또한, 간디에게 "위대한 영혼"이란 뜻의 '마하트마'라는 이름을 지어준 유명한 시인 라빈드라나트 타고르가 있다.

갠지스강 일출

이런 인도를 단숨에 구경하려는 듯 수도에 도착하여 갠지스강을 보여주고는 밤 기차를 통해 불편한 잠자리를 추억 속에 남기려는 듯 큰 불평 없이 타깃을 찾듯이 타지마할에 도착하여 여정을 마무리한다. 한번 인도를 찾아서 갠지스강을 경유하여 타지마할을 보면, 여행을 다 했다는 듯이 광활한 인도 여행을 베트남이나 태국과는 달리 주로 한 번으로 끝낸다.

이른 새벽 갠지스강
스산한 새벽공기를 가르며
북적대는 바라나시 거리를 누빈다

미로 같은 골목길엔
개와 소 사람 섞여 잠자고
큰 길가에는 거지들 좌우로 앉아
벌써 근무를 하고 있네

혼탁한 강물이 몸에 튈까 봐
간신히 배를 타고
예쁜 종이 꽃불을 물에 띄우며
연방 주변을 살펴본다.

시바신을 숭배하는
최대의 성지 갠지스강
성스러운 강물에 목욕하고 빨래하고
이를 닦고 마시기도 한다

강변의 거지들
"사진 찍지 마세요"
화장터 가까이서
'사진 촬영 금지'

그러나
우리는 울지 않습니다
슬프지도 않습니다
지금 여기는
우리의 고향입니다.

-「갠지스강 블루스」全文

　가장 성스러운 갠지스강은 인도인들의 삶의 젖줄이다. 쓰레기가 떠
다니는 지저분한 강물로 고통받는 주민들 이야기는 매스컴이 만들어
내는 발전과정의 고통이다. 예전에는 갠지스강물이 인도인들의 식수
이자 동시에 중요한 생활용수였지만, 언제부터인가 삶의 아픔을 유
발하는 원천이 되었다. 수도 뉴델리에서 절반 가까운 가구는 수돗물
을 쓰지 못한다고 한다. 차라리 빗물이 가장 깨끗한 물이 되었다. 생
활 자체가 비위생적이라고 하지만, 전보다 많이 발전되었다고 한다.
성실한 사람이 많지만, 자기 종교에만 심취해서 문화가 시대를 따라
가지 못한다고 할까! 안타까울 때가 있다. 스스로 만든 오염된 강. 그
들이 말하는 가장 신성하다는 갠지스강에 깨끗한 물이 흐르는 날이
머지않으리!

인도 소 떼가 거리를 가로질러 가고 있다

　인도인의 약 80%는 힌두교를 믿는다. 이들은 쇠고기를 먹지 않는다. 인도인의 약 15%는 이슬람교를 믿으며 돼지고기를 먹지 않는다. 또한, 기독교와 시크교, 불교는 모든 고기를 먹는다. 왜일까? 옛날 농경사회 시절에 소가 없으면 농사를 짓기 어려워 종교적인 구실을 내세워 도축을 억제하였다. 즉 쇠고기를 먹는 것보다 식물 식량을 확보하는 것이 낫다고 생각하였다. 그리하여 소를 보호하다 보니 숭배하게 된 것이다.

　인도에 가보면 소가 참 많다.
　인도인들이 소를 숭배한다고 우리는 어렴풋이 알고 있다. 인도에서 운전하는 것은 참으로 위험하다. 늘 긴장해야 한다. 소가 제멋대로 방향 감각 없이 좌충우돌하기 때문이다. 도로에도 골목길에도 강가에도 온통 소 천지다. 소가 도로 한가운데 있으면, 사람도 자동차도 자전거도 비켜 간다.

보리수나무

괴로움의 생성
괴로움의 소멸로
불심의 싹을 처음으로 틔워준
불교 성지 사르나트

넓고 푸른 잔디 위에
석가를 모시고
보리수나무 아래에서
명상에 잠기니
깨달음이 멀지 않은 듯…

큰 바람 지난 후
남은 주춧돌 흔적에서
중생의 희로애락을

일깨워 주는
성지순례의 환상에 빠져 본다
대탑에 공양 드리고
예불하며
도반(道伴)들과
오체투지(五體投地)도 하고 싶다

이제
우리도 청정한 수행자가 된 듯
불자가 아니어도
녹야원에서는
누구나 표정이
성자(聖者)를 닮은 듯하다.

－「녹야원(鹿野園)」全文

　생과 사의 근원이 무엇인가? 그 문제를 해결하신 부처님께서 부다
가야에서 깨달음을 얻으시고 함께 수행했던 수행자에게 법을 전하고
자 찾은 곳이 녹야원(Sarnath)이다. 녹야원은 바라나시 북방 10km
지점에 있으며 이곳 녹야원은 부처님이 처음 설법하셨다고 해서 초
전법륜지라고 한다. 부처님이 보리수나무 아래에서 설법을 하신 그
보리수나무는 인도의 국목(國木)으로 인도에서는 반얀트리(Banyan
tree)라고 한다. 가로수로도 사용되는 보리수나무는 아랫부분에 흰
색이나 주황색을 칠한다. 인도 국기에 나오는 ‘녹 백 황’을 표현하기
위해서이다.

지상에서 가장 아름다운 사랑의 궁전 타지마할은 그 크기가 부속 건물과 정원 등을 합쳐 5만 평이나 된다고 한다. 타지마할은 지금으로부터 약 400여 년 전 무굴제국의 황제 샤자한이 사랑하는 아내 뭄타즈 마할이 죽자 그녀를 위해 지은 무덤으로 세계적인 관광지이다.

타지마할 옆 야무나강 저 멀리 아그라성이 보인다

아름답고 자애로운 뭄타즈 마할은 전쟁터에 남편과 함께 참여하고 샤자한은 그녀에게 황제의 옥새를 맡기기도 하였다. 샤자한은 뭄타즈 마할과 금실이 좋아 19년 결혼 생활 중 14번째 공주를 낳다가 사망한다. 뭄타즈 마할은 샤자한이 보는 앞에서 마지막 숨을 몰아쉬며

"내가 죽은 후에 왕비를 들이지 마세요."

"그리고 나를 기념하는 아름다운 무덤을 만들어 주세요."

라는 유언을 남기게 된다. 아내가 39살에 사망하여 샤자한은 며칠 동안 머리카락이 하얗게 될 정도로 슬픔에 젖었다고 한다. 샤자한은 아내를 험한 전쟁터로 끌고 다닌 것을 후회하게 된다. 샤자한은 아내 뭄타즈 마할을 위해 거의 자기 재산으로 타지마할을 건축하였다 한다.

타지마할

지상에서
가장 아름다운 사랑의 궁전
타지마할은
숨 막히게 조화롭고
보석처럼 눈부시다

오, 왕비여!
그대의 예쁜 마음씨에
맑은 목소리와 넘치는 애교
꾸밈없는 성품과 돋보인 지성이
몹시 그리운 어느 날

야무나강을 따라
아그라 성에서 타지마할로
그대를 찾으러
그대와 함께하려
길을 나서리

슬픔을 말하는 듯
타지마할에 누워 있는
그녀의 눈빛이
아무 말이 없어도
환한 웃음으로 그대를 맞으리

천 년이 지나도
"궁전의 영광" 뭄타즈 마할은
샤 자한의 가슴속에
영원히 불타오르리라!

　　　　　-「뭄타즈 마할」全文

아그라성은 샤자한의 왕궁으로 성벽의 높이는 20m에 달하고 길이는 2.5km나 되어 난공불락의 요새다. 뭄타즈 마할의 셋째 아들 아우랑제브는 후계자로 지목된 첫째 형을 살해하고 1658년 무굴제국 6대 황제에 올라 샤자한 황제를 별궁에 유폐시킨다. 인도 뉴델리 남쪽 약 200km에 위치해 있는 아그라는 무굴제국 옛 수도로 뛰어난 건축물로 아그라성이 있다. 왕궁은 당시 석공 세공사들의 예술성이 얼마나 뛰어난지를 잘 보여주고 있다.

1631년부터 약 20년에 걸친 대공사로 만들어진 타지마할은 "최고의 궁전"이란 뜻이 있다. 페르시아, 터키, 인도, 이슬람의 건축 양식이 잘 조합된 무굴 건축의 정수라고 할 수 있다. 연간 2만 명의 석공과 그 외 1,000마리의 코끼리가 동참하여 축조되었다. 세계 7대 불가사의에 등재된 타지마할은 어느 쪽에서 보든, 그 대칭 미가 아름다움을 더하고 있다. 하늘빛에 따라 색깔을 달리하는 타지마할은 그 원인으로 결국 본 건물의 대부분을 이루는 붉은 사암과 대리석이 색을 흡수한다는 이야기가 된다. 즉 해의 위치에 따라 다양한 색상을 보인다. 특히 보름달이 뜨는 밤에 타지마할이 매우 아름답게 보인다고 한다. 타지마할 건축에 참여한 석궁들은 주변에 마을을 형성하여 대대로 건축 기술을 유지 발전시켜 왔다고 한다.

21

몽마르트르 언덕

에펠탑

에펠탑은
프랑스의 얼굴이며
문화의 상징이고
관광의 대명사이다

에펠탑은

방금 세수한
풋풋한 젊은이의 모습이며
손가락에 비취가락지를 낀
반려자이며
미래다

에펠탑은
파리의 조화로움을
대변이라도 하려는 듯
밤하늘을
청초하게 수놓는
별들과 함께
폭죽을 터트리며
모래알처럼 반짝이는
자동차 등불의 호위에
즐거움을 못 이긴 듯
밤마다
몸을 떨며
진저리친다.

-「에펠탑」全文

프랑스 혁명 100주년 기념으로 1889년에 개최된 제10회 세계박
람회 때 에펠탑을 짓기로 했다. 우여곡절 끝에 300m 높이의 에펠탑
이 건축가 에펠이 프랑스 혁명 100주년을 기념해 1889년 3월 31일

에 건축하였다. 이후 프랑스 현대사와 함께한 에펠탑의 파란만장한 역사에 1944년 "파리는 불타고 있는가?"라는 유명한 영화 제목을 남겼다. 지금은 파리의 상징물로 매년 600만 명 이상의 관광객들로 붐을 이루고 있다.

센강의 겨울

파리에는 센강이 흐르고
갖가지 모양의 다리 아래
유람선이 드문드문…

세찬 바람
내리는 겨울비에
이따금 관광객들
옷깃을 여미며 서성거리네!

주변 주차장 많이 비어 있고
가까운 공원에서 바라다볼
전시 공간 넓지 않네!

폭이 좁은 긴 강에는
긴 세월의 역사가 스며 있고
찌푸린 날씨에도
마로니에 잎 흩날리는
강변 양안 둑 위에
산책객들 끊이지 않고
시상을 가다듬네!

찬란한 문화의 오아시스
센강에는
오늘도
강물처럼
세월이 흐르며
우리의 사랑도 흐른다.

　　　-「센강의 겨울」全文

　파리의 센강 하면 누구나 한번 가보고 싶어 한다. 힘들게 시간과 경
비를 들여 도착해보니 크기가 서울의 중랑천 비슷하다고 이야기를
한다. 어느 나라나 수도마다 가로지르는 강이 있지만 파리의 센강을
보니, 유유히 흐르는 한강이 세계적으로 반짝반짝 빛나고 있는 것이

아닌가! 근래에 이르러 한강의 지류도 많이 발전되어 문인 그리고 예술가가 한강과 관련된 작품을 끊임없이 쏟아내고 있다.

　로맨틱한 센강의 풍경이 겨울에도 아름답게 느껴진다. 극히 일부의 강이 보여주는 센강에는 고풍 어린 역사가 숨어 있어 그 가치를 더하고 있다. 밤에 다니는 유람선과 배에서 흐르는 명곡은 또 다른 감동을 불러일으킨다.

개선문

3초 걸려 그윽한 눈빛으로
바라다본 개선문
인식하는 데는 잠깐이었네!

30초 걸려 꺼낸 카메라
파리의 얼굴, 개선문을
촬영하는 데는 잠깐이었네!

30분 걸려 도착한 개선문
엘리베이터를 타고
고문서 박물관까지
올라가는 데는 잠깐이었네!

30일 걸려 그리고 쓴
개선문 그림과 글
보고 읽는 데는 잠깐이었네!

30년 걸려 건축한 개선문
나폴레옹의 장례 행렬이
지나가는 데는 잠깐이었네!

-「개선문」全文

　세상에는 개선문이 많지만, 지역을 말하지 않아도 그냥 개선문 하면 파리의 에투알 개선문일 것이다. 여기에서 에투알은 별을 뜻한다고 한다. 개선문을 중심으로 뻗은 12개의 도로가 마치 별 같은 모양을 한 방사형으로 뻗어나가는 모습이 비슷하여 붙여졌다고 한다.

　개선문은 나폴레옹의 지시에 의해 만들어졌지만, 1806년에 착공하여 러시아 원정 등 실패로 1821년 나폴레옹이 사망한 후 1836년이 되어서야 완공되었다. 개선문은 높이 51m 폭이 45m로 완공 당시에는 세계에서 가장 웅장한 크기로 명성을 떨쳤다고 한다. 개선문 바로 아래에는 1차대전에서 산화한 무명용사들을 기리는 무덤이 있어 이후 기념식 때에는 군대 행렬이 개선문을 약간 비켜 지나갔다고 한다. 개선문 전망대는 별 같은 모양을 한 도시 형태로 파리 시내를 감상하기 좋아 오늘날에도 관광객이 끊이지 않고 있다.

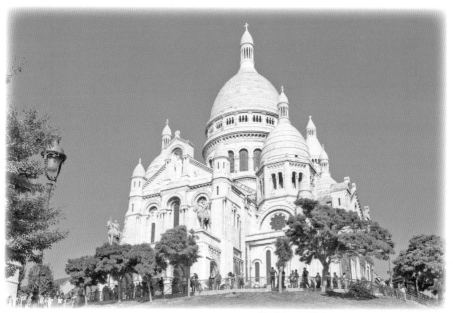

몽마르뜨르 언덕

전철역에서 나와
몽마르트르 언덕으로
정신없이
헐레벌떡 올라가니
좌우로 상가가 즐비하고

콘크리트 계단을 지나
저위에 보이는
하얀 성당

여기가
어렸을 때부터
동경해 오던
그 몽마르트르 언덕인가!

거리 예술의 중심지이며
파리의 가장 높은 언덕에서
시내를 내려다보며
시공(時空)을 넘어
자세히 보니

빅토르 위고가 글을 쓰고
고흐와 고갱과 피카소를 닮은
무명화가들
화판에 초상화를 그리네!

몽마르트르 언덕 계단에 앉은 사람들
여기저기 서성거리는 보헤미안들을
다정하게 바라보네!

　　　　-「몽마르트르 언덕」全文

100여 년 전 몽마르뜨르 언덕

　예술가의 거리 몽마르트르, 파리의 역사가 살아 숨 쉬는 명소, 골목마다 숨어 있는 매력, 저 위에 보이는 성당까지 어떻게 모두 걸어보나! 평범하게 보이는 골목길 같은데 왜 예술가의 거리인가! 왜 숨은 매력이 있는가! 보는 것보다 귀로 듣는 예술가들의 일화가 더 재미있을 것 같다. 저 언덕 위에 그냥 올라가면 단순히 성당이지만 역사와 유래를 알고 보면, 몽마르트르는 예술과 낭만이 흐르는 파리의 명소가 된다.

　즉 몽마르트르는 해발 130m의 낮은 언덕이지만 사방 100km 이내에 이보다 높은 곳이 없어서 산을 뜻하는 몽(Mont), 순교자를 뜻하는 마르티르(Martyre) 두 단어가 시간이 지나면서 몽마르트르로 불리게 되었다. 그리고 파리는 법적으로 7층 이상의 건물을 지을 수 없기 때문에 더 평지로 보인다. 그리하여 산으로 불릴 정도로 몽마르트르는 가장 높은 지대에 자리 잡고 있다. 돈을 내지 않고 파리 전경을 보며 귀로 듣는 예술가들의 일화를 즐기며 걷고 싶다.

22
아멜리아의 페냐성

아멜리아의 페냐성

파란 물감이 떨어질 듯
눈이 부시도록 드리워진 푸른 하늘 아래
우뚝 솟은 "영광의 에덴동산"
페냐성

신트라가 바라다보이는
매혹적인 마법의 성 테라스에
대서양의 해조음 가득 담고

로까 곶에서 불어오는 바람
파두의 즐거운 곡조를 싣고
왕궁의 무도장을 맴도네!

아름다운 숲 속의
동화 속 그림 같은 곳에
마지막 왕비 아멜리아가 남긴
화려함의 극치

기름진 음식과 호사스런 복장
수많은 촛불을 밝힌
샹들리에 불빛 아래에서
귀족들과 춤을 출 때

한 노파는
바닷가 백사장에 앉아
돌아올 수 없는 어부 남편을 기다리며
슬픈 파두의 가락을 읊조렸으리라.

-「아멜리아의 페냐성」全文

끝없이 넓은 평원에 우뚝 솟은 해발 529m 산 정상에 동화 같은 아름다운 성곽이 보인다. 포르투갈 신트라 페냐성이다. 그곳 전망대에서 사방으로 보이는 전망이 매우 좋다. 산봉우리에서 내려다보니, 산과 아름다운 테주강, 대서양이 발아래로 펼쳐져 전경이 황홀하다. 페냐성 내부는 마지막 왕비 아멜리아가 떠난 1901년 모습 그대로 남아 있어 내부 장식이 인상적일 뿐 아니라 역사적 의미를 한층 더하고 있다.

플라멩코

춤은 육체로 쓰는 가장 아름다운 시(詩)
빈손으로 표현할 수 있는 가장 큰 외침

춤과
발 구르며 내는 소리와

손뼉 소리
기타반주와 슬픈 노래에는

삶의 기쁨과 괴로움
사랑과 미움
애수와 정열이 담겨 있네!

어둠에서 불길이
갑자기 솟아오르는 것 같은 정열
신들린 사람처럼 춤을 추는 몸놀림
구원을 갈구하는 듯한 애절한 노랫소리
기타의 환상적인 음률

집시의 여왕
카르멘의 무대가 아니더라도

플라멩코 무대에서
있는 그대로
타오르는 태양처럼
그들과 섞여
강렬한 춤을 추고 싶다
그들과 섞여
불처럼 타오르고 싶다.

-「플라멩코」全文

스페인 그라나다에서 저녁을 먹고 걸어서 극장이라고 하는 곳엘 갔는데, 장소가 협소하고 어두컴컴하며 무대도 매우 작았다. 도착하기 전부터 들은 이야기, 단순 사진 촬영은 가능한데 동영상은 절대 안 된다고 하였다. 스페인의 플라멩코 춤은 에스파냐 남부 안달루시아 지방에서 예로부터 전하여 오는 민요와 무용, 주로 기타로 반주하고, 무용에는 캐스터네츠가 많이 사용되어 격렬한 리듬과 동작이 특징이다.

플라멩코 춤은 새처럼 자유롭게 열정의 연주와 불꽃 같은 무희들의 춤으로 객석을 얼어붙게 하였다. 기타 연주에 맞춰 발 구르기와 손뼉 소리가 타오르는 태양처럼 강렬하여 객석은 쥐 죽은 듯 조용하였다. 손뼉치기로 장단을 맞추고 온몸을 비비 꼬며 발뒤꿈치로 바닥을 치면서 삶의 기쁨과 슬픔, 사랑과 미움, 애수와 열정을 담아 표현해내고 있다. 어둠 속에서 신들린 사람처럼 춤추는 무희, 구원을 갈구하는 듯한 애절한 노래는 애수의 감정을 가슴으로 느끼게 하였다.

알함브라의 사자 궁전(宮殿)

알람브라 궁전은 스페인의 그라나다에 있는 이슬람 왕국의 궁전이며 대표적인 이슬람 건축물로 13세기에 창건되어 14세기 말에 완성되었다. 건축이나 장식 모두 정통 이슬람 예술의 정수를 보여준다. 스페인 역사에 있어 가장 상징적인 도시 '그라나다'는 800년간 스페인을 지배했던 이슬람 세력의 중심지였고 그래서 스페인 왕조가 가장 되찾고 싶어 했던 곳이다. 시내 중심지에는 이사벨 여왕과 콜럼버스의 동상이 보인다. 바로 그곳에서 신대륙 발견의 권한을 주라고 요청하여 사인을 받는다. 스페인의 거대한 제국은 바로 그라나다에서 출발했다고 볼 수 있다. 이사벨은 그라나다를 1492년에 탈환하고 콜럼버스는 이곳에서 신대륙 항해를 시작한다.

파란 하늘에 흰 구름
상쾌한 산속 공기를 머금고

그라나다 고원에 세워진

아라야네스의 중정(中庭)

그윽하고 아름다운 옛 성
알람브라 궁전

흥망성쇠의 역사를
품 안에 간직한 채
온화함을 지니고
구릉 위에
태양처럼 빛나고 있구나

섬세한 손길
아라베스크 문양과
아라비아 서체
기하학적 무늬
색채의 황홀함은
이곳이 천상의 세계인가!

어디선가
"알람브라 궁전의 추억"이
들려오는 듯하다.

-「알람브라의 추억」全文

　　알람브라(alhambra) 궁전은 스페인 그라나다에 있는 이슬람식 건축물로 이슬람 세력이 80년에 걸쳐 만든 궁전이자 요새다. 그곳 올라가는 둔 턱에 '산 니콜라스 광장'이 있는데 사람들이 사진 찍고 플라멩코 춤도 추고 거리 공연도 언제나 볼 수 있다. 그림처럼 펼쳐진 알람브라 궁전에 이르니, '알람브라 궁전의 추억'이 은은하게 들려온다.

궁전 건축물에는 기하학적 무늬가 많이 눈에 띄고, '재판의 방' 한쪽에 보이는 글귀, "들어와 요청해라. 정의를 찾는데 두려워하지 마라. 네가 여기서 정의를 발견할 것이다." '기도실', '황금의 방' 그리고 정원에는 분수가 흐르고, 벽에 보이는 또 하나의 문구, "유일한 정복자는 신이다." "적게 말하라. 평화로울 것이다." '아라야네스의 중정(中庭)'이 물 위에 뜬 것처럼 보인다. 물과 건축물이 빚어낸 아름다운 조화는 약 3세기 후 타지마할로 다시 탄생한다.

피카소의 고향, 항구 도시 말라가

파블로 피카소(Pablo Picasso, 1881~1973)는 스페인 남부 말라가에서 식당 실내장식 전문가인 화가의 아들로 태어났다. '나는 결코 어린아이처럼 데생한 적이 없다. 열두 살 때 이미 라파엘로처럼 그렸다.'고 말할 정도로 그는 어렸을 때부터 그림에 대해 천재성을 보여주었다. 그의 경력 마지막 30년은 창조를 향해 정신없이 질주했다. 즉 엄청난 속도로 20세기 최고의 화가로 그 누구도 이 사람의 이름을 피하고서는 단 한 줄의 글도 써 내려갈 수 없을 정도로 예술 자체를 새로 만들어나가고 있었다. 1973년 세상을 떠났을 때 그가 남긴 페인팅, 회화, 조각, 세라믹, 프린트, 목판화 등은 4만 5,000여 점에 달했다.

피카소의 나이 열아홉 살 때 오랫동안 고대해 오던 파리로 유학 생활을 시작하게 되었다. 불어를 한마디도 하지 못했던 그에게 낯선 파리에서의 생활은 고달프기 그지없는 것이었지만, 당시의 파리는 거리 전체가 거대한 미술학교였다. 미술관을 찾아 나선 그는 낯선 화가들의 그림에 넋을 잃었고, 드가, 고흐, 고갱 등의 그림을 탐욕스럽게 관찰했고 조각 판화에도 호기심을 가졌다. 그러나 그의 파리 생활은 살을 에는 고통의 연속이었다.

세기의 심장을 꿰뚫은
천재이자 미치광이인
금세기 최고의 예술가

미(美)는 인간의 철학이요
과학이며 문화임을 보여준

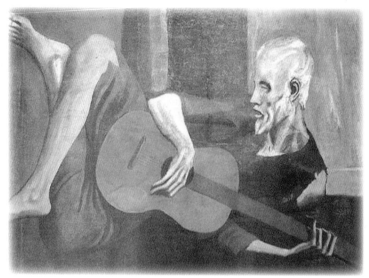
늙은 기타리스트

예언가

허물없는 솔직성과
모방할 수 없는 괴짜 기질이
매력의 근간을 이룬
선각자

작가와 여성에 대한
강렬한 우정과
뜨겁고 격정적인 사랑은
세기의 사랑을 만들고

보이지 않는 세계를
생각하며

생명력을 추구하여
만든 작품은
가장 미술가적인
세기의 예술가를 낳았네!

-「파블로 피카소」全文

1953년 피카소가 새롭게 도자기에 심취해 가고 있을 때, 도자기 공장주의 조카인 자클린 로크를 만난다. '그녀는 커다랗고 짙은 눈망울을 지닌 지중해풍의 여인이었다.' 1961년 79세의 피카소는 드디어 이혼 경력이 있는 30세의 자클린과 조촐하게 비밀 결혼식을 올린다. 어떻게 젊은 여인이 79세의 할아버지와 결혼을 할 수 있느냐는 말에 그녀가 대답하기를 '나는 이 세상에서 가장 멋있는 청년과 결혼했다. 늙은 사람은 오히려 나다.'

자클린은 피카소에게 언제나 "나의 주인님"이라 부르며, 그녀는 아무 조건 없이 피카소에게 절대적이고 헌신적인 사랑을 바친다. 피카소의 마지막 연인 자클린 로크는 피카소의 충실한 동반자였으며 매우 사려 깊게 그를 사랑하고 존경하였다. 자클린은 20년을 함께 해로하다가 피카소 사후 13년이 지나 1986년 마드리드 전시회를 마치고 그의 곁으로 가겠다며 권총 자살을 한다. 피카소보다 46살 연하인 자클린의 헌신적인 도움으로 피카소는 마지막 20년 동안 평온한 생활로 창작활동에만 심취할 수 있었을 뿐만 아니라 그의 말년에 그에게 끊임없이 영감을 준 뮤즈였다. 그는 죽을 때까지 그녀와 함께 살았고 1958년에 그가 구입한 보브나르그의 성에 함께 묻혔다.

세계 3대 성당의 하나인 톨레도 대성당

차창 밖으로 펼쳐지는 지평선
마을 중앙에 언덕이 있고
종탑이 있는 교회가
그림처럼 펼쳐진다

영화 '누구를 위하여 종을 울리나?'의
배경이 된 도시
천년의 역사가 그 자리에 머문
톨레도

좁고 미로 같은 골목
막히는가 하면

새로운 골목이 고개를 내밀고
넓어지는가 하면 좁아지는
울퉁불퉁 돌길은
중세도시에 들어선 기분

돈키호테와 엘 그레코
멋진 도자기와 금은 세공품이
즐비한 시가지

세계문화유산으로 지정된
톨레도는
오늘날에도
종교의 중심지로서
찬란히 빛나네!

-「톨레도」 全文

   톨레도는 1085년부터 1560년까지 정치적으로 옛 수도 역할을 하였으며 도시 전체가 세계문화유산으로 지정되어 있다. 톨레도 대성당은 1200년대부터 약 300년간에 걸쳐 지어진 건축물로 고풍스러운 중세시대의 아름다움을 지니고 있었다. 톨레도는 건물이나 거리가 대부분 옛 모습을 간직하고 있어서 중세 유럽 도시 속으로 들어간 듯한 착각을 들게 한다. 그 옛날에 이런 건축물을 지을 수 있었다는 게 놀랍다. 또한, 고대 로마시대 때부터 강철로 유명해서인지 상점 진열장에는 철로 만든 상품이 많이 눈에 띈다. 톨레도 대성당의 웅장한 위용이 눈앞에 펼쳐졌지만, 사진을 한 컷에 다 넣기는 힘들었다.
그 옛날에는 이 어마어마한 성당의 크기뿐 아니라 세밀한 조각과 장
식이 매우 섬세하고 빼어났다.

까보다로까 해안 절벽

대륙의 영토가
대서양의 푸른 바다를 향해
이베리아반도를 통하여
힘차게 달리다가
유럽대륙의 최서남단
땅끝마을
로까 곶
해안 절벽 위에서

갑자기 용솟음치며 멎는다

계속 달리고 싶은 욕망은
많은 탐험가를 탄생시켜
콜럼버스를 낳고
신대륙을 발견했으리라

평범해 보이는
바닷가 언덕에서
대서양의 끝없는 푸름을
한없이 바라보려니
미지의 세계로
항해하고 싶은 충동
억제하기 어려워라.

-「까보다로까」全文

　유럽의 서쪽 땅끝마을에 기념탑이 세워져 있다. 바람이 많이 부는
곳으로 '여기서 육지가 끝나고 바다가 시작된다.' 까보다로까는 우리
나라와 같은 위도 38°에 위치하며 유럽에서 3번째로 오래된 등대를
간직하고 있다. 바닷가 언덕의 풍경이 수채화처럼 아름답다. 날씨가
맑은 날 푸른 대서양을 바라보면, 저 멀리 하얗게 부서지는 파도가
그림 같은 풍경을 만들어 낸다. 아, 평화로운 대서양 언제 한번 돛배
를 타고 노를 저으며 가보려나! 끝없는 바다 그 너머엔 또 다른 대륙
이 이어지겠지!

23
만리장성에 서서

자금성

중국의 상징이요

고동치는 심장

사회주의 국가의 민주성지인

천안문광장의 위용

대륙의 위대한 지도자 모택동 영정

거대한 북경의 고궁
천자가 군림했던 곳
명·청 시대의 조화(造花)
주황색 기와지붕
크고 붉은 둥근 기둥
어도를 밟아 신무문까지
찬란한 황금색 구중궁궐

태화전 어전에서
오체투지(五體投地)의 만조백관
역사 속으로 묻히고

세계 제일의 궁전에서
세계 제일의 대국을 이룩하려는
중국인의 의지가 엿보이네!

황제도 백성으로 돌아가고
열린 오문을 통하여
누구라도 어도를 걷고 있는
중화인민들
지금 세계를 향해
무소불위의 기업 권력을 휘두르네!

- 「자금성」 全文

명나라 황제 영락제 시대에 지은 세계 최대의 궁전, 자금성은 1420년에 건립되어 중국 권력의 중심에 있었다. 천안문 광장은 중국인의 얼굴이요 베일에 싸인 자금성은 중국인의 자부심이다. 우리의 경복궁이나 덕수궁을 보다가 자금성을 보니 우선 그 규모에 놀라고 예전에는 백성은 드나들 수 없었다고 하니 우리나라에서도 그랬을까 궁금하였다. 특히 자금성을 에워싸고 있는 성곽의 크기와 수로의 미려함에 발걸음을 멎게 한다. 또한, 잘 다듬어진 수양버들은 자금성의 운치를 더하고 있다. 중화인민공화국이 들어서고 나서야 일반에게 공개가 된다. 지금은 매년 800만 명의 관광객이 자금성의 정문인 오문(午門)을 통해 여행하고 있다.

가난한 농부의 딸
예허나라 옥란은
산서성 낭낭원에서
유년시절을 보내고
네 살 때 장치현에
양녀로 팔려 가
송영아란 이름을 얻는다

16세 때 예씨 성(姓) 중에서
궁녀로 선발되어 17세에 입궁
원명원의 초라한 하급 궁녀방에서
출중한 미모와 재능 예술적 감각
으로 함풍제의 마음을 사로잡아
귀인에 책봉된다

20세에 의빈으로 승격하고
21세에 황태자를 출산하고
22세에 귀빈에 책봉
26세에 대청의 실질적 통치자가
되니 아마 그녀는 어떤 역경에도
굴하지 않는 의지의 소유자이리라

책을 사랑하고
자연에 대한 섬세한 애착
예술에 대한 재주와 열정은
48년 권력자
서태후를 지켜 주었네!

이화원 전경(全景)

끊임없이 탐구하고
노력하는 습관
굳건한 의지력
과단성과 기민함으로
유서 깊고 광활한 대국
중화사상을 더욱 공고히 하고
이화원을 손수 설계하여
동지나 백성에게 사랑을 받았다

반세기 동안 권력을 휘두른
야망을 불태우며 불꽃처럼 살다간
여제 서태후(女帝西太后)는

국민을 진심으로 사랑했고
훌륭한 통치를 위해
부단히 노력한 인물이다

선한 의지와 순수한 동기에서
나온 사치와 오랜 철권독재는
격동기의 거대한 나라를 짊어진
어쩔 수 없는 결점으로 이해되리라

잔혹한 권력세계에서
청조를 지켜 내야 한다는
책임감과 소명의식이
그녀를 늘 고독하게 했으리라.

-「연인 지희태후」全文

한국인에게 잘 알려진 서태후의 정식 호칭은 중국에서 자희태후 혹은 효흠현 황후이며 후궁 시절에는 의귀비로 불렸다. 서태후는 1835년 북경에서 혜칭이라는 말단 관리의 딸로 태어났다. 부친의 영향을 받아 어린 시절부터 관직 사회의 생리를 터득하며 성장하였다. 1856년 서태후가 아들 동치제를 낳자, 함풍제는 서태후를 의귀비로 책봉하였다. 함풍제가 31살의 나이로 세상을 떠나니, 아들 동치제의 나이가 6살이므로 그녀는 동태후와 함께 수렴청정을 선언했다. 동치제가 19세 나이로 세상을 떠나자 광서제가 4살의 나이로 등극한다. 1881년 동태후의 사망 소식이 들려온다. 결국, 자기 손자인

3살의 푸이를 황제로 세우고, 그제야 서태후는 '자신과 같은 여인이 정사에 관여하는 일이 없도록 하라.'는 유언을 남기고, 1908년 11월 15일 74세의 나이로 세상을 떠났다.

만리장성

만리장성(萬里長城)에 올라

난간에 기대어

굽이굽이 펼쳐진 산등성이를

무심코 바라보다가

흠칫 놀랐다

누군가 닫힌 가슴
쉴 없이 열어젖히던
시절이 있었음에……

그 누가 말하기를
"부도장성비호한(不到長城非好漢)"이라
즉 "장성에 오르지 못하면
호걸이 아니다"

"세계에서 가장 긴 무덤"
흔히
"하룻밤을 자도 만리장성을 쌓는다."
"사람이 장성보다 낫다."
라는 말이 끝없이 전개되나

세계 7대 불가사의라는
한마디가 장성을
더욱 돋보이게 하네!

-「만리장성에 서서」全文

세계적인 관광명소인 만리장성은 총연장선이 약 6,400km로 무려
2,000년에 걸쳐 지은 인공성벽이다.

만리장성의 길이를 리(里) 단위로 환산하여 만리장성(萬里長城)이라 부른다. 과거 중국의 방어체계였던 만리장성이 지금은 여행 명소가 되어 중국을 세상에 알리는데 그 역할을 단단히 하고 있다. 중국에서는 장성(長城)이라고 부르며 인류 최대 건축물로 세계 7대 불가사의 가운데 하나이며 1987년 세계문화유산으로 지정이 됐다. 장성 축조의 목적은 자국의 영토와 백성을 보호하고 북방 유목 민족과 경계선을 확립하기 위해서다.

곤명호

곤명호를 관망하며
산수풍경을 보고 산책을 즐길 수 있는 장랑
넓은 호수에 두둥실 떠다니는 용선
호수 위에 비친 둘도 없는 절경

만수산 비탈의 불향각

연꽃과 버드나무가 어우러져
출렁이는 푸른 호수에
그 아름다움이 내려앉고
이름 모를 돌조각들은
여기저기에서
고무적인 산책길을 안내하네!

전각, 누각, 정자에서
꽃잎 차를 마시며
바라보는 4대 정원의 하나인

이화원은 하나의 시이고
수필이고
아름다운 소설이다

중국 천하에
사랑스러운 꽃과 나무 그리고 나비와 새
희귀하고 진귀한 보물
한 많은 궁인

아, 옛날은 가고
수양버들만 하늘하늘.

－「이화원」 全文

청나라의 여름 궁전으로 서태후에 의해서 이화원이란 이름을 갖게 되었다. 이화원을 무척 사랑하여 서태후는 자금성으로 돌아가기 싫어했다고 한다. 건축학적인 관점에서 이화원은 지상 낙원이 어떻게 생겼는지를 잘 보여주고 있다. 곤명호를 비롯해, 황제가 정무를 처리하던 "궁전 구역", 아름다운 누각, 잘 자란 고목, 아치형 다리, 종교적인 건축물이 조화로워 이화원은 "황실 정원 건축 박물관"이라고도 불린다.

이화원에는 황제가 조회를 열고 정무를 처리하는 인수전이 있고, 광서제가 10년간 유폐 생활을 하다가 의문의 죽임을 당한 옥란당이 있다. 덕화원은 공연장으로 "청나라 3대 공연장"의 하나로 꼽힌다. 낙수당은 서태후가 기거하던 침궁이다. 불향각이 만수산 중턱에 우뚝 솟아 있어 이화원의 중심이자 나침판 역할을 한다. 불향각에서 호수를 내려다보면 곤명호가 한눈에 쏙 들어 온다.

이화원

24

피피섬(phi phi island)

　　피피섬은 말레이어에서 파생되었으며 이 섬은 총 6개의 작은 섬으로 이루어졌으며 총면적은 35㎢이다. 피피섬은 휴양지로 유명한 푸껫섬 동남쪽 50km 지점에 있다. 피피섬이 세상에 알려지게 된 것은 섬 여러 곳에 산호 조각과 해안절벽, 맹그로브 숲과 아름다운 모래사장이 발견되면서부터였다. 특히 바닷가 백사장이 솜처럼 고운데다가 깨끗하고 바닷물이 맑아 관광객이 줄을 잇는다.

피피섬은 1983년 국립공원으로 지정되었으며 세계적인 관광지로
부상되었다.

타이 북부지역
세계 10대 관광지
치앙마이

남쪽 푸껫에서 다시 만난 인연
신(神)만이 만들 수 있는 환상의 섬
피피돈 피피레

기암절벽과 에메랄드빛 바다
곱고 흰 산호 해변

피피섬 바닷가

잔잔한 파도

수많은 종류의 열대어들이
떼를 이루는 수중세계

열대어

원시 자연 속 그대로의 열대낙원
여유로운 분위기를 물씬 풍기는
야자수 정글

깨끗하고 고운 모래톱의
세계에서 가장 아름다운 해변

언제든지 바다에 뛰어들 수 있는

더운 날씨와 수온

고즈넉하고 때묻지 않는
항상 푸르게 반짝이는 바다이어라.

- 「피피섬」 全文

푸껫섬에서 쾌속정을 타고 한 시간여 달리다가 작은 섬에 이르렀
는데 섬의 높이가 해상 1m도 되지 않는 듯하였다. 피피섬에 오가면
서 바닷물의 색깔이 수시로 바뀌는 듯 보였다. 파란색인가 했더니 어
느 사이 에메랄드 색깔로 바뀌고 짙푸르게 느껴지는가 했더니 연둣
빛 색상으로 바뀐다. 잘 보이지 않던 열대어들이 빵을 조각으로 찢어
서 던져주니 순식간에 떼로 몰려 다 먹어 치운다. 주변에 물이 샘물
처럼 맑아 수심 10m에서도 2~3m인 것처럼 보여 각별히 조심해야
할뿐더러 바닥 산호 바위 표면은 날카로워 상처 나기 일쑤다. 돌아오
는 길에 007 시리즈 '황금 총을 가진 사나이'의 촬영지인 제임스 본
드 섬을 멀리서 스쳐 지나갔다. 이미 사라진 기억 속에서 영화의 한
장면을 떠올리려 했지만, 섬 배경의 아름다움이 생각할 여유를 주지
않았다.

국내에서도 상영된 "The Beach"란 영화가 촬영된 곳이다. 과연 지
상천국이다. 한쪽으론 험한 산이 병풍처럼 펼쳐져 있고, 산 밑으로는
동굴이 있는 것처럼 움푹 패 있다. 산과 반대쪽에는 백사장으로 밀가
루처럼 고운 모래가 발을 아주 편하게 하고 있다. 호수 같은 바다에는
상어가 있어 수영은 할 수가 없다. 바닷속은 태양이 비치는 지상의 자

연 모습처럼 온갖 해산물이 독같이 환하게 그림같이 펼쳐져 있다.

바이킹 동굴은 외부에서 보니 무척 궁금하였는데 입장이 안 된다고 한다. 입구에는 제비들이 천정에 붙어있어 사람들이 제비집을 1년에 3번 채취한다고 한다. 원숭이들이 동굴 입구에서 사람들이 먹이를 던져 주기를 기다리고 있다. 마야 비치는 풍광이 아름답고 물 색깔은 어디나 미칠 지경으로 맑고 아름답다. 이게 어떻게 말이 되느냐고!

마야 비치

제5부

서안 양귀비화

양귀비는 본래
당 현종의 귀비로
세속의 꽃들을 비웃겠노라

한들거리는 붉은 꽃을
찌는 듯 무더위가 가슴을 조여와도
관능적인 몸매와 유혹의 얼굴이
만 가지 자태로 나타나
장엄하게 피워낸 경국지색(傾國之色)

25

백두산에서 한라산까지

백두산 천지

사방이 컴컴한 낮
매서운 추위와 바람이
휘몰아치더니
운해가 흩어지고

햇빛이 쏟아져 내리니
영롱한 물빛의 천지(天池)
보일 듯 말 듯

천지의 물결이
신비의 색깔을 띠면서
무수히 바뀌어
남은 구름 바람에 흩어져
새로운 세계가 탄생하니
곧 한민족이리라

단군의 개국 신화가 깃든 곳
민족의 영원한 성산에
16폭 산수화가 병풍처럼
에워싸고
옥수경림(玉樹瓊林)이 있어
이곳이 신역(神域)이 아닌가!

백두대간을 따라
천상의 정원
백두산에
북한으로 차를 몰고
등정할 날을 기대해 본다.

-「백두산(白頭山) 천지(天池)」全文

백두산 천지(天池)는 호수면 해발 2,190m로 최대 수심이 384m이며 장군봉(2,750m) 등 높은 봉우리에 싸여 있으며, 화산활동에 의한 칼데라 호수다. 여름철에 비가 많이 오며 10월 중순부터 이듬해 5월 중순까지 눈이 내린다. 호숫물은 사방으로 흘러, 주변에는 온천이 많고 경관이 뛰어나 백두산 관광의 중심이 되고 있다. 천지 일대는 안개와 구름이 자주 나타났다가 사라지며 바람이 강하게 불 때는 수면 위로 1m의 파고가 일고 체감 온도는 훨씬 더 낮게 느껴진다.

천문봉에서

한민족의 얼이
스며 있는 곳
백두산 여행의 출발점
연길시

60~70년대 한국을
다시 보는 듯

옛 얘기를 들으며
덜커덩 끄릉 끄릉
4시간의 버스 여정

울창한 숲
가도 가도 끝없는 밀림
대해수(大海樹)의 장관

1,200m 고지
버스 정류장에서
6인 지프에 올라
10여 분 정상을
오르내릴 때의 씁쓸함

중국인 운전사의
살인적인 난폭 운전
700만 원에 목숨을
내어 줄지도 모를
아찔한 순간들의 연속

잔설이 성성한
고산지대 들꽃 군락을

쓰다듬거나
촬영도 할 수 없는 아쉬움

체감온도 영하 10도의
천문봉
혹한의 바람
톱니처럼 거친 봉우리

모였다가 흩어지는
구름 사이로
내리쬐는 햇살

천지의 짙푸른 수면에
기암이 어리어
그림 같은 풍경

천지가 나타나는구나

아름다운 한국의 산하
민족의 긍지
백두산.

　　-「백두산에 올라」全文

20년 전쯤 백두산 여행은 여름이 좋다고 해서 8월 하순에 출발하였다. 비디오카메라를 들고 설레는 마음으로 우리는 산골 초등학교 운동장만 한 주차장에서 다시 한번 주의사항을 들었다. 그리고 우리끼리 수군수군 들리는 이야기로 백두산 왕복 선상에서 교통사고로 사망하면, 우리나라 돈 700만 원의 보상금이 나온다고 하였다. 그 소문을 들었을 때 턱없이 적다는 생각이 들었다. 도로가 험한데다가 왕복 차선에 난폭 운전으로 갑자기 불안한 생각이 들었다.

그 당시 중동에 근로자로 갔다 온 사람들이 '스로리(slowly)'란 말을 많이 사용했다. 그 중국 기사는 언행도 거칠었다. 그런데 그 중국인 기사가 '스로리'란 말을 아는지
"오, 케이. 스로리 스로리"
하였다. 우리는 위안이 되고 또 기사와 친해졌다. 길가에는 한국의 3월처럼 민들레 같은 꽃이 드문드문 피어 있어 중간쯤 지나며 쉬었다가 가자고 하니, 쉽게 동의하여 내려서 사진도 찍고 소풍 온 듯 분위기도 좋아졌다. '백두산'이란 팻말이 있는 곳까지 오니 천지가 일부분 보였다. 백두산 천지 보기가 매우 어렵다고 하던데, 아니나 다를까 바람이 세차게 불더니 구름이 몰려와 머무르는 동안 천지는 더 이상 보이지 않았다.

한번 마시고 싶고
두 번 손을 넣어 만지고 싶고
세 번 발을 담가 보고 싶기도 한
천지의 맑고 푸른 물

백두산 정기를 받아

장백 폭포

푸른 초원과 신비한 조화를 이루며
계곡으로 흐르다가

폭포의 꽃
장백 폭포에서
한 줄기 햇살에 비쳐
뜨는 무지개
여인의 속내를 보여 주는 듯
물보라를 흩날리네!

산기슭에서 솟구쳐 나오는 물
압록강과 두만강을 이루고
송화강으로 흘러드니

민족의 얼이 스며있네!

저 만주 대륙에
심양이 있고
연변이 있고
간도가 있지 아니한가!

고구려의 기상
한민족이여!

-「장백 폭포」全文

　유황이 물들인 계곡 천과 띄엄띄엄 보이는 관광객, 펄펄 끓는 온천
수와 폭포수가 만든 하천 주변에는 연기처럼 수증기가 사방에서 솟
아오르고 있어 이곳이 온천 지대임을 보여주고 있다. 때로는 여기저
기 작은 간헐천도 보이고 옹달샘 같은 우물에서 뜨거운 물이 퐁퐁 솟
아올라 80℃를 자랑하고 있다. 그 옆은 우물 속에 달걀을 담그면 곧
삶은 달걀이 된다. 가끔 전해 듣는 얘기지만 다시 보니 새롭다는 느
낌이다.

　거대한 위용의 장백 폭포 인근에는 혹독한 추위를 견뎌낸 곰취군
락 엉겅퀴 투구꽃 유령난 등이 군데군데 세찬 바람에 흔들리며 자생
하는 모습이 대견하여 인간 삶의 지표가 되고 있다. 송화강의 근원
이 되는 장백 폭포는 백두산 천지의 물이 천문봉과 용문봉 사이의 달
문을 통해 흘러내려 겨울에도 얼지 않는 폭포다. 실제 가까이서 보는

장백 폭포는 흐르는 물소리가 웅장하고 흩날리는 물보라가 여인의
치맛자락이 바람에 휘날리는 것처럼 거대해 보여 압도당하는 느낌을
준다. 폭포수 안쪽은 동굴처럼 움푹 패 있고 천정에서 늘어진 고드름
과 멋대로 생긴 바위 조각이 마치 지옥의 관문을 연상케 한다.

태백산 겨울

산기슭에 그려져 있는
하얀 오솔길
오를수록 점점
눈보라 흩날려도
아이젠 있어 든든하네!

눈송이 위에 솟아오른 대나무

파랗게 스치는 바람에 팔랑이고

정상에 흩어져 있는 고목(枯木) 군락
나목으로 지팡이 없어도
눈보라와 맞서
우뚝우뚝 서 있네!

태백산 산신(山神)
한배검
돌담으로 천제단을 지어
우리를 부르고

높고 완만한 겨울 태백산(太白山)
그 정기 흠뻑 가슴에 품고
사방으로 힘차게 내달아
오르내리는 발걸음도
가볍네!

-「겨울 태백산」全文

   태백산 하면 장군봉에 있는 천재단을 연상한다. 겨울 태백산에는
나뭇잎이 거의 지고 단풍잎이 나뭇가지에 조금씩 남아 있다. 태백산
국립공원은 주봉인 장군봉이 1,566m로 태백산맥에서 소백산맥이
갈라져 나오는 지역에 위치한다. 해발 1,470m 지점에 있는 명경사
는 우리나라 사찰 중 해발고도가 가장 높다. 봄에는 철쭉꽃이 아름답

게 피어 철쭉제가 열리고 겨울에는 눈축제가 열린다.

산 중턱까지 버스가 올라가 등산로 출발점이 해발 800m 이상 지점에 있고, 산세가 험하지 않아 등산하기가 쉽다. 봄가을에는 학생들의 소풍 장소로도 이용된다. 우리나라에서 7번째로 높은 태백산의 등정이 매우 쉽다는 것을 알 수 있다. 눈이 내린 후 날씨가 좋아도 등산은 조심해야 한다. 정상에 10cm 쌓인 눈이 비탈길에서는 20~30cm씩 쌓이게 되어 하산길에 사고가 날 수 있다. 주변에는 고목이 듬성듬성 널려 있고 돌로 쌓은 천재단에서 그 옛날 제사를 지내는 의식을 치르는 모습을 그리니 감회가 깊다.

노고단

아늑한 어머니 품속 같은

해발 1,507m의 노고단

어느 때부터인가
주차장 생기며
이리저리 길 내고
갈고 다듬어
뒷산에 산책하러 가듯
사람들로 붐비네

바닥은 포장하여
자동차 다니고
좌우에는 목책을
군데군데 쉼터를
나무계단에 돌층계라

아! 등산을 위해
인간의 손으로
결정되는 내 모습
더는 훼손하지 말고

잘 가꾸어
태곳적 신비
그 모습으로 돌려다오.

    -「노고단」全文

등산도 여행이다

여행이란 무엇인가? 오늘날 현대인들은 여행을 좋아한다. 아니 즐기다고 할 수 있다. 여행은 대부분 사람이 반복되는 일상이 싫어서 다닌다고 말한다. 더러는 어떤 가치를 찾기 위해 즉 보석을 캐기 위해 떠난다고 말한다. '여행은 정의다.'라고 말하는 사람의 뜻을 빌리면 등산도 여행이라고 말할 수 있다. 등산도 여행, 1박 2일의 등산도 좋은 여행이다. 개인에 따라서 여행은 고민과 스트레스에서 탈출하여 휴식을 취하면서 보석을 얻고자 하는 데 있다. 그래서 여행과 등산은 목적이 같다고 할 수 있다. 오랜만에 맞는 등산, 일상에서 벗어나 가치를 찾고 보석을 캐기 위해 정의롭게 여행을 떠나자.

지리산의 단풍은 중후한 아름다움을 준다. 지리산의 봄은 생기를 불어넣어 준다. 범위가 넓은 5월의 지리산, 생각만 해도 가슴이 설렌다. 당일 하루 계획으로 남원에서 출발 지리산을 지그재그로 그동안 보지 못한 전경들을 보면서 노고단 화엄사 쪽으로 방향을 정해놓고 다니니 여유롭게 일정을 마무리할 수 있었다. 지리산은 옆의 산들과 그 능선을 쉽게 볼 수 있어 편하다. 가는 곳마다 안내판이 있어 좋은 명구와 길 안내를 하고 있다. 높이가 1,915m인 지리산이 영역이 넓어 유일하게 개인별로 등산을 자동차로 하게 되니 임의로 행선지를 선택할 수 있고 주차장이 많아 그때마다 복장이나 필요한 물건을 꺼내 쓸 수 있다. 어디에서나 차에서 컵라면을 먹을 수 있고 중요한 볼거리는 쉽게 촬영하고 기록할 수 있었다.

눈이 내린다
하얀 겨울이 왔다

밤낮 해풍으로 씻긴
순백의 순결함이여!

푸른 구상나무가 빚어낸
한겨울의 싱그러움이
한라의 숲을 뒤덮은 눈꽃과
조화롭게 피어나네!

칼바람 눈보라 속에서도
꿋꿋한 나무들의 자태는

겨울의 생동감을 더하고

정신없이 걸어야 하는 조급증에도
낯선 산길에 마음이 설렌다

산행 굽이굽이
거친 내 숨소리가
백록담에선 들리지 않고

아스라한 흔적을 간직한
밋밋한 산길에도
용암 흘러내리며
태어나던 한라산의 검은 흔적이
억겁의 세월을 달려와

지금도 살아 숨 쉬는 듯하네!

-「한라산의 겨울」全文

한라산은 우리나라에서 가장 높은 산으로 높이는 1,947m이고 제주도 전역을 아우르고 있다. 수백 년 전까지 활동이 있었으며 정상에는 지름이 500m에 이르는 백록담이 있다. 해안지대에는 폭포와 주상절리 등 다양한 지형 경관이 발달했다. 때에 따라 김포공항에서 새벽에 출발하여 당일치기로 한라산을 정복하고 저녁에 귀경할 수 있다. 세월이 흘러서 그렇다기보다는 세상이 좋아져서 일일 등산이 가능하다.

　한라산 겨울 등정은 아침 일찍 출발하여 올라가다가 힘들면, 중간에서 좀 쉬었다가 하산해야 한다. 등산 출발 시 음료수 등 먹거리를 간단히 준비하는 게 좋을 것이다. 나무계단과 돌계단이 많아 등정이 수월하고 겨울 등산엔 등산화 스틱 아이젠 모자가 필수 준비물이다. 한라산 겨울에 눈이 많이 내려 며칠 햇볕이 쨍쨍 내리 쬐도 녹지 않고 눈꽃 천국을 만들어 준다. 성판악 탐방로 입구부터 중턱까지 커다란 나무에서 탄생하는 눈꽃은 다양한 모양을 보여주기에 감동을 불러일으킨다. 한라산 등정이 한 번으로 끝날 것 같으면 겨울 산행을 권한다. 화려하고 환상적인 한라산 눈꽃을 육지에서는 잘 볼 수 없기 때문이다.

한라산 설경

26

방콕에서 파타야로

왓 포 사원

왓 포(Wat Pho) 사원은 마사지 사원으로도 잘 알려진 곳으로 태국에서 가장 오래된 사원 중의 하나다. 현재 이곳은 태국 전통 의학 총본부의 역할을 하고 있으며 역사적으로 태국 최초의 대학으로 불리 운다. 이 사원의 인기 비결은 아무래도 누워있는 불상이 있다는 것이다. 이 와불상의 길이는 46m, 높이는 15m로 어마어마한 크기를 자랑하며 황금으로 칠해져 있다. 와불의 모습은 부처가 열반에 드는 과정을 묘사한 것인데, 이곳에서 많은 사람이 참선하고 있다. 왓 포 사원은 전통 타이 마사지의 탄생지로 왓 포 내부에 있는 마사지 스쿨에서 태국 전통 마사지를 경험할 수 있다. 특히 이곳에서 주는 수료증은 다른 마사지 전문가들보다 우수한 기술을 갖춘 인재라는 것을 증명해 준다.

왓 포 사원에는 많은 불탑이 있다. 그중 95개의 쩨디(불탑)가 왕족들의 유해를 보관하고 있다. 불탑들을 가까이서 보니 겉 부분 장식이 빼어나, 그 세심한 손길에 감탄하였다. 이곳저곳 탐색하다 보니 어느 편편해 보이는 정원에 'WELCOME WAT PHO'라고 그려놓은 것을 보고 관광객에게 무척 친절하다는 생각이 들었다. 한국말을 제법 잘하고 키가 작고 얼굴이 까무잡잡한 게이가 안내를 아주 재미있게 해서 내내 미소를 금할 수가 없었다. 그녀에게 영역 시집 한 권을 건네주었다.

수상 시장

방콕의 수상 시장(Floating Market)은 황톳빛 강 곳곳에 나무로 지어진 주택들과 배를 타고 물건을 파는 사람들이 모이는 곳으로 방콕의 명소 중 하나다. 이곳 수상 시장은 강물과 함께 살아가는 태국인들의 생활상을 가장 가까이에서 접할 수 있는 공간이며, 싱싱한 과일과 수공예품, 식당 등이 드문드문 보이는 시장이다. 한 바퀴 돌아보니 "코로나19"가 이곳에서도 맹위를 떨쳤다. 시장의 70%가 아직도 폐업 상태다. 먼지가 쌓이고 구석구석 거미줄이 그날의 아픔을 보여주고 있다. 시장 입구 새로 개업한 점포에서는 색소폰을 불고 게이 둘이서 보란 듯이 춤을 열정적으로 춘다. 수상 시장에서 나오며 1~2년 후에는 가게마다 손님이 북적거리는 활성화 된 시장을 그려보았다.

파타야 악어 공연장

악어 수백 마리가
한낮에 오수(午睡)를 즐긴다

머리 좋은 악어가
음악 소리에 맞춰
긴장한다

기린도 놀란 눈초리로
일어나
주는 풀로
식사한다

사육사가 악어와
물장구를 친다

입을 최대로 열며
훈련된 대로
연습 복습한다.

　　- 「악어 농장」 全文

　악어 농장에는 수백 마리의 악어가 있다. 그 외에 기린과 코끼리 등
이 있다. '공룡의 후예'라고 불리는 악어는 몸길이 약 2~4m, 날카로
운 이빨 수는 66개로 수중 최상위 포식자이다. 악어의 무기는 살별
한 치악력이다. 특히 바다악어의 무는 힘은 최대 16,000뉴턴으로 측
정되어 지상에 있는 동물 중 가장 강력하여 한 번 잡은 먹잇감은 절
대 놓치지 않는다.

한 번에 체중의 20%를 먹을 수 있으며 최대 6개월 동안 먹지 않고 지낼 수 있다. 악어는 자기의 목구멍을 보여주지 않으며, 다시 말해, 입을 벌려도 목구멍을 볼 수 없으며, 먹이를 먹을 때 눈물을 흘린다. 또한, 자신의 새끼를 입 안에 넣어서 보호한다.

관객이 악어 농장에 다 들어오면, 잠시 조용해진다. 곧 관리실에서 음악이 나온다. 아마 악어가 좋아하는 음악인가 보다. 그때까지 악어 10여 마리가 조용히 있다가 드디어 눈동자가 움직이기 시작한다. 잠시 후 사육사가 물동이를 들고나와 악어 몸에 손으로 물을 휘휘 뿌린다. 그제야 잠자는 듯한 악어가 움직이기 시작한다. 악어 쇼에 나오는 악어들은 수백 마리 중에서 영리하기로 선발된 녀석들이다. 그중에서도 당일 출연할 악어를 여러 가지 테스트를 거쳐 최종 2~3마리가 출연의 영광을 안게 된다.

게이 댄스 쇼

태국에는 다른 나라에 비해 게이(gay)가 많다. 이는 음기가 강해서 목소리가 여성스러워지고 식재료 '고수'가 정력을 감퇴시키는 효능이 있어 남성이 여성화 되어 가고 있다고 한다. 그러나 근거 없는 궤변이다. 바로 이웃 나라 미얀마에서 고수가 식탁에 올라오지만, 태국처럼 게이가 많지 않다. 태국 초등학교 한 반의 학생이 약 20명쯤 되는데 그중에 게이는 3~4명이 된다고 한다. 역사적으로 태국과 미얀마는 사이가 좋지 않다. 주변국들과 전쟁이 일어나면 남자들은 전쟁터에 끌려갈 수밖에 없었다.

이 시기에 태국에는 "여장 남아" 풍습이 생겨나 자연스럽게 남자는 여장을 시켰다고 한다. 그래도 태국에 게이가 많아 보이는 이유는 서로에게 간섭하지 않는 국민성 때문이라고 한다. 태국의 게이 쇼는 캐릭터가 확실한 자신만의 색깔을 지니고 있기 때문에 인기가 지속되고 있다. 게이들은 가급적 어릴 적에 성전환 수술을 받으며 이후 꾸준히 여성 호르몬 주사를 맞는다. 55세쯤 되면, 여성으로서 명을 다해 남성의 근간이 드러난다. 그들은 일생 명예를 갖고 살아가므로 삶이 행복하다고 생각한다. 게이들은 예술적 재능이 뛰어나고, 그들의 성격은 솔직 발랄하다. 그들은 어렸을 때부터 이러한 매체에 접하며 활발한 활동으로 부와 명예를 얻는다. 일부 게이들의 성공은 편견을 줄이고 좋은 인식과 문화가 이어져 게이들의 세계가 자연스럽게 사회적 장벽 없이 받아들이게 되었다. 과거 태국은 모계 사회로 유교 문화의 영향을 받지 않고 국민성에 따라 여성이 신성하게 보일 수 있었다.

황금 절벽 사원

　타일랜드 여행의 필수 코스, 황금 절벽사원엘 다녀왔다. 주변에 유난히 노랗게 활짝 핀 꽃들이 반겨 준다. 태국 사람들이 개인의 행복을 위해 여기에서 기도하는 사람이 많다. 1996년에 세워진 황금 절벽사원은 바위산을 깎아 레이저로 불상을 새긴 후 5톤이나 되는 금타일로 채워 넣었다고 한다. 높이가 109m 너비가 70m인 금불상은 세계에서 가장 큰 불상으로 공사 기간만 무려 7년이나 걸렸다고 한다. 황금 절벽사원 앞에는 시냇물이 흘러 함부로 불상에 접근할 수 없다. 소원을 빌기 위해 사원 기도 장소에서 기도를 할 수 있고, 동판으로 된 기념비 위에 동전을 올려놓기도 하고, 나아가 불상을 쳐다보고 있기만 해도 마음이 편해지는 것 같다.

27

서안 양귀비화

거대한 대륙
전설 같은 이야기
2,200여 년 전
그 옛날을 그려 봐

흙으로 빚어 구운
병사와 군신병마(君臣兵馬)

진시황 사후에도
수호신(守護神)으로
금세 뛰어나올 것 같은
마부와 궁수의 기세

피가 흐르는 듯
지상 세계로 걸어 나온
호위무사(護衛武士)들의 함성
소리 없이 들려 와

오늘도

진시황제를 지키고 있네!

병마용갱(兵馬俑坑)

　2,000년의 긴 잠에서 깨어난 중국 병마용갱의 병사들을 보니 진시황은 살아서도 저승에 가서도 신화로 남길 원했을 것이다. 그것은 병마용의 예술성이 돋보였기 때문이다. 토용의 수가 매우 많은 데다가 크게 사실적으로 묘사했다는 것이다. 천인천면(千人千面)이라는 말이 있다. 토용 하나의 무게가 200kg이나 되고 8,000개의 병마용이 서로 얼굴이 다른 것도 놀라운 일이고 다채로운 색깔도 입혀져 지금도 그러하거니와 당시에는 엄청났을 것이다. 다시 생각해보면, 8,000명의 기술자한테 병사 하나씩 만들어오라고 하면 서로 다른 모형이

생기지 않을까? 도대체 2,000년 전에 저 정도로 토용을 만들다니 기술이 얼마나 훌륭했던 것일까? 그런데 아직 발굴되지 않은 토용이 훨씬 많다고 하니 무턱대고 발굴할 수 없는 일일 것이다. 여러 가지 문제가 있겠지만, 과학이 더 발전하기를 여유를 두고 기다리는 것이다.

병마용갱에 나오는 토용들은 즉 병사와 말, 조류, 기기, 갑옷 등을 상상하며 만드는 것이 아니라 실제 존재했던 내용을 모델로 삼아 제작하여 더욱 예술성이 깊다 하겠다. 전쟁터에 나간 병사들을 위로하기 위해 공연을 하면, 다양한 공연 자세를 취한 토용을 만든다. 조류도 그 특성을 살린다. 진시황은 진나라의 문화를 지하 세계에까지 가져가려 했을 것이다.

양귀비 상

언제부터인가
붉은 선혈로
들길을 밝히는
향기로운 양귀비화(楊貴妃花)

양귀비는 본래
당 현종의 귀비로
세속의 꽃들을 비웃겠노라

한들거리는 붉은 꽃을
찌는 듯 무더위가 가슴을 조여와도
관능적인 몸매와 유혹의 얼굴이
만 가지 자태로 나타나
장엄하게 피워낸 경국지색(傾國之色)

꽃들의 향연으로
모든 근심 사라져
여기저기 우후죽순
애틋한 몸짓에

옛 시인의 시 읊는 소리
꽃잎 위에 붉게 모여
백발이 다 되노록
서럽게 전하고 있네!

　　　　-「양귀비화」 全文

양귀비(楊貴妃)는 719년 6월 26일에 태어나 756년 7월 15일까지 지상에 머물렀다. 귀비는 왕비의 순위를 나타내는 칭호로 성명은 양옥환이다. 당나라 현종의 며느리이자 후궁인 양귀비는 실제로 몸매가 풍만한 여성으로 조각이나 벽화에 그려져 있다고 한다. 청나라 초기에 선정된 중국의 4대 미인에는 서시 왕소군 초선 양귀비가 있다. 양옥환은 어렸을 때 사서삼경과 시문을 외우고 빼어난 미모에다가 호선무라는 춤도 배워 연회에 자주 나갈 기회를 가졌다. 이후 미모에 시와 노래에도 능한 절세의 미인 양옥환은 22세에 어렵지 않게 57세의 당나라 현종 이융기 황제와 가깝게 지낼 수 있었다. 세월이 흘러 "안사의 난"을 거쳐 양귀비는 우여곡절 끝에 37살의 나이로 자살을 하게 된다.

당나라 시인 백거이가 지은 『장한가(長恨歌)』 중에서 양귀비의 아름다움을 이렇게 표현하고 있다.

회모일소백미생(回眸一笑百媚生)
눈동자를 굴리며 한번 눈웃음치면 온갖 애교 피어나니
육궁분대무안색(六宮粉黛無顔色)
단장한 육 궁 미녀들의 얼굴빛을 무색하게 가려버리더라

-『장한가(長恨歌)』, 백거이 部分

당나라의 한 고서에는 '양귀비가 총명하고 영리하며 눈치가 빨라 아름다움이 만 가지 자태로 나타났다.'고 표현했다. 양귀비의 아름다움을 미화하는 말로 함수화(含羞花)라는 말이 있다. 현종이 양귀비를 자신의 말을 이해하는 꽃이라고 했다.

양귀비가 정원에서 함수화를 만지자 바로 잎을 말아 올렸다고 한
다. 현종은 그녀를 꽃보다 예쁘다고 생각하고 절대가인(絕代佳人)이라
고 불렀다. 한겨울을 제외하고 화청지 공연장에 가면, 오늘날에도 양
귀비를 만날 수 있다.

항주 서호

물안개 자욱한 서호의 겨울
을씨년스럽고
온종일 이슬비 내리니
서운함과 아쉬움이

머릿속을 스친다

바다 같은 호수에서
항주 미인 서시를 그리고
이태백의 시를 낭송하며
오·월의 흥망성쇠를 생각하니
유람선이 역사 속으로 흐르는 듯

늘 산책하고 싶은 호숫가
통기타를 메고
하늘거리는 수양버들
호수에 비친 석등의 불빛
물 위에 어리는, 달 밝은 밤을 노래한다

아침이든
저녁이든
눈 오는 날이든
호수 주변을 다니며
가끔 유람선도 타고
카메라로 사진도 촬영해보면

그 옛날 선현들이 즐겼을
서호의 봄 여름 가을 겨울 풍광이
'찰랑찰랑' 물결 소리와 함께
가슴을 스쳐 지나가네!

하늘에는 천당이 있고, 땅에는 중국 강남 대표 도시인 항주시가 있으며 예부터 시인이 모여들었다. 항주는 저장성의 성도로 중국 7대 고도(古都) 중 하나다. 여행지로 가고 싶어 하는 곳, 서호는 유네스코 세계문화유산에 등재되었으며 아름다운 여인의 이름을 따서 지은 이름이다. 서호는 둘레가 18km로 중국 10대 명승지 중에 하나다. 산책하기도 좋아 1년 내내 관광객으로 북적이는 곳이다. 깊은 산은 물을 만들고 사람들은 그 산과 물을 닮은 문화를 만든다. 약 700년 전에 마르코폴로가 들렸던 항주는 참으로 아름다운 도시라고 널리 알려져 있다. 항주 서호에서도 유연자적(悠然自適) 하였을 이태백의 시한 수를 그려본다.

이백은 성당(盛唐) 때 쓰촨(四川)성 출신으로 자는 태백(太白)이고, 호는 청련거사(靑蓮居士)다. 당나라 때의 시인 두보와 함께 '이두(李杜)'라 불렸고, 이백은 '시선(詩仙)', 두보는 시성(詩聖)이라 불렸다. 맹호연, 원단구(元丹邱), 두보 등 많은 시인과 교류를 했고 유람을 통한 그의 발자취는 중국 각지에 닿지 않은 곳이 없을 정도였다. 이백은 당 현종의 부름을 받아 궁정 시인으로 활동하며 '술 속의 팔선(八仙)'으로 또는 하늘나라에서 쫓겨난 신선(神仙)으로 불리기도 하였다. 그는 한때 정치에 참여하였다가 옥살이와 유배 도중 사면을 받기도 하였으나 말년에는 빈객으로 친척 집에서 이태백의 문학적 소양과 예술적 천재성에 비해 너무도 쓸쓸히 초라한 죽음을 맞이했다. 전설에 따르면 장강 채석기(採石磯)에서 장강에 비치는 달그림자를 잡으려다가 동정호로 뛰어들어 익사했다고도 한다.

滌蕩千古愁(척탕천고수)
留連百壺飮(유련백호음)
良宵宜淸談(양소의청담)
皓月未能寢(호월미능침)
醉來臥空山(취래와공산)
天地卽衾枕(천지즉금침)

천고의 시름 말끔히 씻으려고
연달아 백 항아리의 술을 들이켰네.
정담을 나누기에 더없이 좋은 밤이요
휘영청 밝은 달에 아직도 잠들지 못하네
취하여 인적이 드문 산에 누우니
하늘이 이불이요 땅이 곧 베개로다.

- 이백, 「우인회숙(友人會宿)」全文

제목은 '벗과 함께 잠자며'라는 뜻으로, 벗을 만나 하룻밤을 함께 보내는 정회(情懷)를 묘사한 오언고시(五言古詩)이다. 천지를 이부자리로 삼는 자유인, 거침없고 호방한 이백의 풍모가 잘 드러나 있는 작품이다.

이백은 젊어서부터 도교에 심취하여 그의 시가 보여주는 환상성은 대부분 도교적 발상에 의한 것이다. 나아가 이백은 인간을 초월하여 인간의 자유를 비상하는 방향으로 지향하였으나, 두보는 언제나 인간으로서 성실하게 살고 인간 속에 침잠하는 시풍을 취하였다.

이백의 시재(詩才)는 천래(天來)의 재, 즉 '천재(天才)'라고 했다. 당시(唐詩)를 중국 문학의 꽃이라 할 수 있는데 이백의 시는 그 꽃 중의 꽃이라고 평가받는다. 중국에서 가장 걸출한 낭만주의 시인으로 꼽히고, 중국 최고의 시인으로 1천여 편에 달하는 시문이 현존한다. 이백의 시상은 협기(俠氣)와 신선과 술이라고 할 수 있다. 대표작품으로 『이태백집(李太白集)』이 있다.

이백의 시풍에는 압축 요약하여 깔끔하고 별로 어려운 글자 없이 작품을 빚어내는 경향을 볼 수 있다고 한다. 바로 이런 점 때문에 근엄한 운율과 탄탄한 구성의 두보(杜甫)의 시는 모방할 수 있어도, 평이하지만, 천의무봉(天衣無縫)에 가까운 이태백의 시는 모방하기 힘들다는 이야기도 있다. 이백의 시가 '그 꽃 중의 꽃'이라고 하니 이 겨울에 관심을 좀 더 가져볼 만하다 하겠다. 그래도 마음이 한껏 설렌다.

서안을 여행하면서 진시황릉 그리고 당 현종과 양귀비를 탐색할 수 있어 마음이 설렜다. 불멸을 꿈꾼 진시황제의 무덤과 경국지색을 감수한 당 현종의 예술적 사랑이 그 옛날에도 지금과 다를 바 없이 삶이 영웅을 찾고 또 신화로 남길 원했을 것이다. 중국을 최초로 통일한 진시황제는 만리장성쯤은 한 가정에 담장 쌓듯이 한 나라의 울타리를 만들었다고 생각하지 않았을까? 입구에 추모비가 있고 봉분이 낮은 야산처럼 보이는 무덤은 사방으로 길이 뚫려 있어 걸어 다니며 그 옛날을 생각하게 된다.

진시황제 능

28
회룡포의 봄

회룡포

낙동강 상류 내성천 건너
솔 향기 가득한 비룡산 계곡
휘감아 돌며
산들바람에 옷깃을 여미고
장안사 올라 보니

수려한 산천

아름다운 우리 강산
사방에 새싹 파릇파릇
산속 여기저기
진달래꽃 복숭아꽃…
봄의 운치를 더하네!

미륵부처 참배하고
팔각정 회룡대에 올라
천지를 바라보니
회룡포(回龍浦)가 무릉도원이라

뿅뿅 다리 보일 듯 말 듯
옥빛 시냇물 파란 하늘
금빛 백사장 반짝반짝
강바람 살랑살랑 즐거운 새 소리

아, 옛 시인의 시 읊는 소리
들리는 듯하구나!

-「회룡포의 봄」 全文

내성천 따라 흐르는 추억, 강을 걷는 듯한 느낌을 주는 뿅뿅 다리,
섬이 아닌 섬 같은 육지 속의 섬 회룡포, 대중가요로 잘 알려진 '회룡
포', 그림 같은 이미지로 근래에 와서야 더욱 아름답고 유명해졌다.
용궁에서 순대국밥 먹고 노래 들으며 회룡포에서 민물고기 낚시질로

힐링해도 좋은 곳, 옛날부터 잘 알려지지 않아 한적해서 좋은 곳, 백사장을 걷는 기분 바닷가에 온 듯하고, 낭떠러지 아래 깊은 강물에서는 백마강이 그려지네!

모든 일은 마음이 근본이다.
마음에서 나와 마음으로 이루어진다.
맑고 순수한 마음을 가지고 말하거나 행동하면
즐거움이 그를 따른다.
그림자가 그 주인을 따르듯이

비룡산 장안사

장안사

감입곡류(嵌入曲流) 하는 낙동강에
내성천이 휘돌아
천상의 정기 서린 곳에
비룡(飛龍)이 꿈틀거리고

신라시대 학이 춤을 추듯
구름이 둥둥
뭇 봉우리가 힘차게 굽이치는 곳에
가람(伽藍)이 서려 있네

신라가 삼국을 통일한 뒤
국태민안을 염원하여 세운
인재의 고을, 용궁 고찰(古刹)

감인세계(堪忍世界)의 번뇌를
잠시 벗어두고
천 년의 소리에
귀 기울이며
다시 찾고 싶은 장안사(長安寺).

-「장안사」全文

낙동강의 비경을 품고 있는 예천 장안사와 금강산 장안사, 양산 장안사는 신라가 국태민안을 빌기 위해 창건한 사찰이다. 이 중에 용궁 비룡산 장안사에서 400m쯤 올라가 비룡산 정상에 이르러 내려다보면, 내성천 줄기가 마을 주위를 350도 휘감아 돌아나가서 마을 주위에 고운 모래밭이 펼쳐지는 명승지, 낙동강의 절경 회룡포(回龍浦)가 보인다.

어린 시절 인근 초등학교 어린이들이 주로 봄 소풍을 장안사(長安寺)로 갔다. 어린이들이 하루 일정으로 봄 소풍을 갔다가 오기는 만만치 않은 거리다. 봄가을에는 비가 적게 내려 내성천 건너기가 어렵지 않지만, 강이 넓어 쉽지 않았다. 지금은 자동차가 절까지 올라가지만, 옛날에는 걸어 다녀야 했다. 장안사를 에워싸고 있는 산기슭에는 복

숭아꽃 살구꽃 진달래꽃 개나리꽃이 피어 봄 풍경의 극치를 보여주
었다. 이는 세월이 한참 흐른 뒤에 고향의 정취를 더욱 느끼게 하였
다. 목탁 두드리는 스님의 모습이 우리와는 다른 신선들로 보이기도
했다. 돌아오는 길에 사고도 생기고 우는 아이들도 있었다. 학교에서
는 소풍 여행이 하나의 큰 연중행사가 되곤 하였다. 소풍 여행으로
어린이들은 더욱 성숙해지는 것 같았다.

용문사

용문사를 향해 달리다 보면
오랜 시간 속으로 빨려 들어가는 듯
예전 우리의 고향 모습이
아득히 떠오른다

허리 구부려 인사하는 천하대장군에
미소 보내고
일주문 지나
천 년 묵은 은행나무에서
그윽이 풍기는 역사 그리며

대장전 윤장대에서
두 손 모아 합장한다

소원문을 넣고
한 바퀴 돌려 법문을 익히고
두 바퀴 돌려 참구 하고
세 바퀴 돌려 대해탈을 성취하니

영원한 침묵의 설법
가슴에 가득 담긴 듯

눈이 반짝반짝 빛나고
얼굴도 환하게 웃음 짓는다.

-「용문사 윤장대」全文

용문사(龍門寺)는 예천읍에서 북쪽으로 15km 정도 떨어진 소백산 기슭에 위치하며, 신라 경덕왕 10년(870)에 이 고장 출신의 두운 선사가 창건한 천년고찰로 유명하다. 윤장대는 경전을 보관하는 곳으로 그 자체가 신앙의 대상인 불교 공예품이기도 하다. 현재 특이한 모습으로 완벽한 상태로 남아 있는 것은 용문사에서만 확인할 수 있어 매우 귀중한 자료다. 윤장대(輪藏臺)는 내부에 불경을 넣고, 손잡이를 잡고 돌리면서 정토왕생(淨土往生)을 기원하던 의식용 기구의 하나다. 실제로 방문객들이 소원을 종이에 적어 윤장대 내부에 넣고 손잡이를 잡고 돌리면서 소원을 빈다.

용문사 윤장대

낙동강 1,300리 물길의 마지막 전통 주막, 삼강주막(三江酒幕)

칠백 리 낙동강 물길이
내성천 금천과 만나 어우러지는 여기
삼강주막 회화나무 아래에 앉아

구성진 뱃노래 소리에
막걸리 몇 잔 머금으니
취기에 옛 정취가 아득히 떠오른다
추억으로 남은 현대식 주막엔
소몰이꾼과 보부상 대신
자동차 물결이 넘실거리네

드센 뱃사람과 장사꾼 시인 묵객들을
밤낮으로 거두어가며 여민

주모의 삼강주막 오랜 자리 지킴은
정짓간 바람벽에 새긴
술어미의 칼금벽화를
한과 연민의 예술로 승화하고
하풍 나루 회룡포 용포 나루로
이어지는 뱃길을 열어
나룻배가 띄워지리라

몸과 마음은
시대의 변화에 춤을 추어도

배추전과 막걸리의 우리네 정서는
시간과 역사의 격랑 속에서도
삼강주막에서
오래오래살아 숨 쉬리라.

-「삼강주막을 찾아」全文

조선의 마지막 주막에다가 마지막 주모가 살았던 삼강주막을 보니 생각보다 집이 작아 보였다. 사진은 1,900년 경에 지은 주막으로 경상북도에서 당시 모습 그대로 다시 복원하였다. 소금과 해산물을 실어 나르는 나룻배가 삼강 나루터를 기점으로 낙동강 하구에서 하루에도 수십 차례나 상인과 보부상들이 드나들던 곳이다. 집은 보통 가정집인데 부엌은 출입문과 마루 문을 포함 네 군데로 연결되어 있다. 즉 주모 혼자서 술상을 현장으로 쉽게 건넬 수 있기 때문이다.

칼금벽화

그리고 옛날에는 외상 장사를 많이 하는 시대이기에 삼강주막에서도 외상장부 대신 칼금벽화에다가 취객이 술값으로

"그어 놔!"

하면 칼끝으로 그림을 하나씩 그렸다. 외상값을 갚으면 가로로 선을 그어 쉽게 구분할 수 있었다. 삼(三) 강(江)은 금천 내성천 낙동강이 합류하는 곳으로 삼강 나루터와 삼강주막은 언제나 사람의 발길이 끊이지를 않았다.

김룡사 대웅전

저 고즈넉한 산사에
누가 머물고 있을까!

아름다운 사계절
아늑하게 들어앉은
김룡사는 어떤 모습일까!

수도 중인 여승들의 근황이 궁금하다
무슨 연유로 비구니가 되었을까!

기품 있고 고요한 사찰에 반했을까
영혼이 행복하다고 생각했을까
극락세계로 가려 함일까
막연히 내세를 위함일까!

이승과 저승을 넘나들며
오늘도 깊숙이
온몸으로 불공드린다.

　　-「김룡사」全文

　김룡사는 서기 588년 신라 26대 진평왕 10년에 운달조사가 운봉
사로 창건하였다가, 17세기 들어 김룡사로 개칭하여 지금에 이르고
있다. 일주문에는 '운달산 김룡사'라고 쓰여 있고 바로 위에는 홍하
문(紅霞門)이라는 현판이 걸려있다. 김룡사 입구는 좌우로 청량한 전
나무가 빽빽이 들어차 있고, 길이 평지여서 어린이와 연로한 분들의
산책 코스로 안성맞춤이다. 운달산 남쪽 계곡에 자리 잡은 김룡사는
비구니 수행도량으로 김천 직지사의 말사(末寺)이다.

석탄 맥을 따라 굴진작업(堀進作業) 하는 광부

사지(死地)에서
생(生)으로의 무사 귀환을 그리며
시린 가슴으로
땅속 깊숙이
컴컴한 굴속으로 내려간다.

갱도 천장을 파란 하늘로 이고
도시락과 고독을 언제나 들고 다니는
막장 인생

탄가루가 흩날리고
무더위에 질식할 듯한 습기
갑자기 "땅! 따! 딴!"
돌이 우는소리도 들으며
컴컴한 굴속에서 굴진 작업하는
이빨만 하얀 칠흑 같은
어둠 속의 흑인
지옥 같은 8시간의 고생대 세계

램프 불에 희미한 월남 막장
갱목은 젖어들고
밤새워 불 밝히며
검붉은 열정으로
석탄을 캐는
진폐증이 머무는 내 몸에

태양은 아득히
저 멀리서 기다린다.

-「월남 막장」全文

깊은 산속 지하에 있는 막장은 갱도의 막다른 곳으로 갱부(坑夫)들은 대부분 막장에서 광석이나 석탄 등을 캐기 마련이다. 막장에서 일하는 광부(鑛夫)들에게 감사하는 마음을 나타내는 게 광석이나 석탄 등을 소비하는 우리가 취할 수 있는 최고의 예의다. 갱부들의 일터는 신성하며 사투를 벌이면서 열심히 일하는 곳으로 조금은 비하하는 듯한 내용이 숨어 있는 '막장'이라는 단어를 함부로 쓰지 말아야 하겠다.

세월이 흘러 상황이 많이 달라졌지만, 매스컴에서 음식 이야기, 여행 이야기 그리고 막장 이야기도 건강, 시급, 좋은 시설 등으로 화젯거리가 되었으면 하고 생각해 본다. 그 옛날 광산에 노동자들은 진폐증과 열악한 노동환경으로 고뇌하고 있었다. 지하 1,000m 가까이 내려가면, 어둡고 먼지투성이로 너무 더워 작업복을 벗고 일해 피부병까지 얻게 된다. 끝이 있어야 처음도 있다. 우리는 마지막이 아니라 시작하는 각오로 막장에서 일한다. 듣고 보는 데서 막장이라는 말을 쓰지 말자. 누가 그랬든가? '막장은 인생의 끝이다.' 그러나 갱부들에게 막장은 또 다른 시작이고 설렘이다. 그리고 오늘도 막장에서 8시간 근무는 무사히 흘러간다.

산택 연꽃공원

충효의 고장 예천
물 맑고 인정 많은 용궁
고즈넉한 산택 마을에
우뚝 선 고종산

그 아래
불교와 유교가 융성하던 시대에
삼다사상 기운으로
탄생한 산택지(山澤池) 연꽃

자생수 연못에 만발한
자생 연꽃의 향연

연못을 뒤덮는
수많은 연잎의 물결

하늘빛 어우러진 연못 위로
수채화처럼 흩뿌려진 연꽃 향기에
지나는 길손
걸음을 멈추네!

넓은 잔디 광장
산철쭉 수양버들 야생화는
진 녹색의 둥근 연잎
더 푸르게 하고

성자의 꽃, 부활의 꽃이 어리는
인근 휴양지의 중심
산택 연꽃공원
그 자취 영원하여라
그 향기 영원하리라.

-「산택 연꽃공원」全文

　산택지 연못에 자생 연꽃이 막 피기 시작하는 7월에는 연꽃이 빈틈
없이 자리 잡고 있다. 연꽃이 필 무렵 꽃은 수려하고 아름다우며 연
근은 식용한다. 불교에서는 부처의 탄생을 알리기 위해 연꽃이 피었
다는 이야기가 있다. 그래서 사찰에는 연꽃 장식이 많이 있다고도 한

다. 연꽃의 꽃말은 순결이며 생명 창조의 의미가 있다. 또한, 신성하고 신뢰하며 변함없는 사랑을 의미한다.

아름다운 산택(山澤) 마을을 끼고 우뚝 선 고종산이 광활한 용궁평야를 내려다보고 있다.

산택 연꽃공원

그 고종산 아래 산택 연꽃공원에는 작열하는 태양으로 시원한 물속 그늘이 마냥 미안한 듯 여름 내내 홍련, 백련, 황금 수련 향기가 예술처럼 어우러져 무더운 여름 하늘로 연방 흩날리고 있네! 가끔 산책로를 걷다가 취향정에 앉아 누군가와 함께 산들바람이 주는 은은한 연꽃 향기에 취해보고 싶음은 여기에 젊음과 낭만이 있어서일까! 부활의 꽃이 어리는 산택 연꽃공원, 그곳에 누구라도 연꽃 여행 가고 싶어 하리!

윤필암

허전한 마음 채우러 떠나는
유서 깊은 불교 성지 대승사

노송이 울창한
사불산 숲길 따라가니

주변 음식점 전혀 없고
산수의 경치 맑아

산간 마을의 정겨운 풍치
산새 소리 바람 타고
수행도량 만나네!

우부도를 돌아
장군수에서 약수 마시고
윤필암에 올라
사불암도 바라보고

대승사 일주문 지나니
고색창연한 절 분위기
형언할 수 없네!

보현암과 묘적암을 그리며

"무(無)라, 무(無)라!"
하는 외침이
대승 선원의 고요 속에
들리는 듯하구나!

— 「대승사와 윤필암을 찾아서」 全文

　사불산 대승사와 윤필암을 찾으러 산사(山寺)를 방문하는 것은 기쁨
과 고난이 함께한다. 이는 계절마다 특성이 있기 때문이다. 문경과
예천에 사는 사람들은 어렸을 때부터 방문한 경험이 여러 번 있어 기
쁨과 고난을 크게 구분하지 않는다. 옛날에는 입구 표지판이 있는 곳
부터 걸어서 주로 올라갔는데 봄 여름 가을은 주로 기쁨을 주고 겨
울에는 추워서 고난과 함께한다고 할 수 있다. 여러 절을 탐방해보지

만, 입구에서부터 대승사까지 좌우로 음식점이나 상점이 하나도 없고 전나무와 소나무가 울창한 숲으로 이어져 깊은 산사에 오는 느낌을 배가하고 있다. 그러하기에 대체로 고즈넉하게 참배를 할 수 있어 구도하는 스님들의 거룩함을 더욱 존경하게 된다.

대승사는 사불산 중턱에 자리한 1,500년이 지난 고찰로 대부분의 전각은 현대에 다시 세워졌고 절 입구에는 콘크리트 건물이 있어 보편적인 사찰 건물과는 조금 다른 느낌이 들었다. 윤필암은 대승사에서 약 500m 지점에 있다. 윤필암은 비구니 선원이며 대승사의 부속 암자로 고려시대 우왕 6년인 1380년에 각관이 창건하였다. 의상대사의 이복동생인 윤필이 이곳에 머물렀다 하여 윤필암이라 불리고 있다. 산 정상을 바라보면, 사면에 불상을 새긴 사불암(四佛岩)이 보인다.

29

노작 홍사용문학관

노작 홍사용문학관

마음의 양식과 옛 문학정신이 가득한 곳!
노작 홍사용문학관은 일제강점기에
친일 집필 활동을 거부한
독립운동가이며 예술가이신
노작 홍사용 선생의 문학정신을 기리고자
2010년에 건립되었다고 한다.

1920 홍사용

문예지 《백조》를 창간
'토월회'와 신극운동 활동

홍사용 洪思容
[1900.6.13 ~ 1947.1.5] 호 : 노작(露雀)

주요저서 《나는 왕이로소이다》《그것은 모두 꿈이었지마는》
《봄은 가더이다》《해 저문 나라에서》

민족주의적 의식을 갖고 있는 낭만파 시인

일제 식민치하에 올곧은 선비정신으로 '나는 왕이로소이다'를 고고하게 외치며
민족혼을 일깨우던 시인이다. 문예지 《백조》를 창간하고 '토월회'와 신극운동에
자신의 모든 것을 아낌없이 바쳐가며 사그라져 가는 민족정신을 일깨우고자 했다.
당시 우리의 문학이 특수한 시대와 환경 속에서 형성되고 전개되었음을 감안할 때
노작은 민족의식을 바탕으로 창작을 하고 그 이념을 실천하고자 한 대표적인 시인이다.

시의 세계

그의 시는 노작의 상처와 좌절을 통해서 이루어낸 결과물이다.
유년시절에 아버지의 사망으로 인한 충격, 3.1운동의 적극적인 참여로 인한 구속,
일제의 회유와 가택연금 등, 이러한 면은 일제 강점기 민족의 고통과 주권 상실에 대한
회복의 의지를 반영하여 그가 시를 창작하게 되는 직접적인 동기로 작용한다.

저술 및 작품

대표작으로 산문시의 일종인 《나는 왕이로소이다》《그것은 모두 꿈이었지마는》과
민요시인 《봄은 가더이다》《해 저문 나라에서》 등을 꼽을 수 있다.

홍사용 문학관에서

붉은 시름 — 민요(民謠) 한 묶음 · 3

이슬비에 피었소 마음 고와도 찔레꽃
이 몸이 사위어져서 검부사리 될지라도
꽃은 아니 되올 것이 이것도 꽃이런가
눈물 속에 피고 지니 피나 지나 시름이라
미친 바람 봄 투세하고 심술피지 말어도
봄꽃도 여러 가지 우는 꽃도 꽃이려니

궂은 비에 피었소 피기 전에도 진달래
이 몸이 시어 져서 떡가랑잎 될지라도
꽃은 아니 되올 것이 이것도 꽃이런가
새나 꽃은 두견이니 우나 피나 핏빛이라
새벽 반달 누구 설움에 저리 몹시 여위었노
봄꽃도 여러 가지 보라꽃도 꽃이려니

아지랑이 애졸여 가냘피 떠는 긴 한숨
봄볕이 다 녹여도 못다 녹일 나의 시름
불행 다시 꽃 되거든 가시 센 꽃 되오리
피도 말고 지도 말아 피도 지도 않았다가
호랑나비 너울대거든 가시 찔러 쫓으리
봄꽃도 여러 가지 가시꽃도 꽃이려니

『三千里文學(삼천리문학)』, 1호, 1938년 1월

홍사용 문학관에는 작은 도서관이 있어
누구나 자유롭게 독서를 할 수 있고
산유화 극장과 강의실이 있어
언제나 관람하고 배움의 즐거움을 가질 수 있다.
해마다 문학상 시상이 있으며
전국에서

문학기행을 오는 그런 공간이기도 하다.

봄이 지나고 7월이 되자 여름휴가를 어디로 갈 것인가?
생각하다가 멀리 가면 교통난으로 고생스럽다고
가까운 노작 홍사용문학관으로 정했다.

문학관 내부

홍사용 문학관으로 주소를 입력하여 2시간쯤 달려
노작 문학관 주차장에 도착하였다.
꽤 큰 주차장 부근에서 점심을 먹고 나니
주차장의 위치가 화성시의 변두리이지만,
고층 건물이 있는 번화가였다.

옆에 보이는 산기슭은 노작 공원으로
넓은 주차장에다가 부속건물이 있는 문학관은
다양한 내부 시설로 잘 짜여 있고
친절한 안내는 탐방객을 기쁘게 하고 있다.

노작 홍사용 시인은
1900년 6월 13일 경기도 용인 출생으로
대한제국 통정대부 육군 헌병 부위를 지낸
홍철유의 외아들로 태어났으며,
1908년 백부 홍승유의 양자로 들어갔다.

1919년 휘문고등 보통학교를 졸업하고

3·1 운동 때 학생운동에 참여했다가 검거되었다.
이후 1920년 『문우』를 창간하고
1922년에 『백조』를 펴냈다.

홍사용은
『백조』에 「꿈이면은?」, 「봄은 가더이다」 등을 발표했는데,
이 시들은 대체로 어린 시절을 회고하며
남녀 간의 사랑을 다루고 있다.

   그가 한국 시사에서 주목을 받는 것은
민요 이론을 정리하고 민요시를 창작했다는데
그 의의가 있다.
민요를 우리나라의 둘도 없는 보물로 강조하며
「시악시 마음은」 등의 민요시를 짓기도 했다.

1923년 토월회 문예부장직으로 연극 활동을 펼쳤으며
1927년 「향토심」 등을 공연했다.
1930년을 전후로 하여 신흥극장을 조직하고
방랑 생활을 하다가 잠시
한약방을 운영하기도 했다.
1939년 희곡 『김옥균 전』이 검열로 주거 제한을 받자,
붓을 꺾고 병중에도 전국 사찰을 순례하였다.

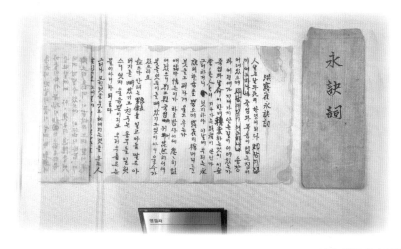

8·15 광복을 맞아 뚜렷한 활동을 하지 못하고
지병인 폐환으로
1947년 1월 5일에
마포구 공덕동 장남댁에서 영면에 들어갔다.
유해는 경기도 화성시에 있는 노작 홍사용문학관 뒤
노작공원에 안장되어 있다.

30
조병화 문학관

조병화 문학관 내부

한여름의 따가운 햇볕이
낮게 깔린
8월 초순 오후 3시쯤
아내와 함께 안성시 번화가를 지나
저 멀리 산 아래 소나무밭
낮은 언덕길을 조심스럽게
차는 달리고 있었다.

오른쪽으로 올라갔다가 내려와
좌측으로 작은 터널을 지나
서문 쪽에 주차하니,
고풍 어린 문학관이
시야에 들어온다.

만물이 오수(午睡)에 정겨운 듯
사방이 적막하다.
현관문을 여니 연로하신 관리자가
왼쪽 사무실로 들어오라며
친절하게 안내를 한다.

드링크를 내놓으며
자신의 소개를 비롯하여
문학관에 대한 줄거리 이야기를
가볍게 들려준다.

말을 하듯
자연스러운 시를 주로 쓴
편운(片雲) 조병화는
1921년 5월 2일
경기도 안성시 양성면 난실리에서 태어났다.

안성시 전영배 해설사가 세심하게 해설을 해주고 있다

1929년 모친을 따라
서울로 이사하면서
1931년 미동공립보통학교를 거쳐
1941년 경성사범학교 보통과를
졸업하였다.

1943년
경성사범학교를 졸업하고
일본 도쿄고등사범학교에 입학하여

수학하다가
1945년 봄에 귀국했다.

1955년
중앙대학교 강사 등을 거쳐,
1959년
경희대학교·조교수로
근무했다.

1973년
한국문인협회 부이사장,
1981년 대한민국 예술원 회원,
1982년 한국시인협회 회장 등을
지냈으며,

1982년
중앙대학교에서
명예문학박사 학위를 받았다

1981년
인하대학교 문과대학장에
취임한 이후
부총장, 대학원장을 역임하고
1986년 정년 퇴임했다.

1949년
첫 시집 『버리고 싶은 유산(遺産)』 출간을 시작으로
53권의 창작시집이 있으며,
이 시집 가운데 25권은
영어, 일어, 중국어, 독일어, 불어, 스페인어 등으로
번역되어 세계적인 시인으로 자리매김하였다.

1974년 중화학술원(中華學術院)에서 명예철학박사,
1982년 중앙대학교에서 명예문학박사,
1999년 캐나다 빅토리아대학교에서 명예문학박사

학위를 받았다.

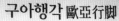

시인 조병화는
그의 첫 시집 『버리고 싶은 유산(遺産)』에
내포된 정신적 방황과 고독이
당시 똑같은 처지에 놓인 도시민들에게
위로와 정서적 안정을 안겨주었다.

그림에도 관심이 많아
개인작품 전시회를 열고
한국문인협회 이사장을 역임했으며
1991년부터
편운문학상을 제정하여

이 상을 운영해 오고 있다.

1949년 조병화는
첫 시집『버리고 싶은 유산(遺産)』을
선보인다.

두 번째 시집인『하루만의 위안』을
펴낼 즈음 6·25를 맞는다.

그는 피난지 부산에서
세 번째 시집『패각(貝殼)의 침실(寢室)』을
펴낸다.

편운(片雲) 시인은 노환으로
2003년 1월 8일 경희의료원에
입원하였다.

조병화 서간집
『편운재에서의 편지』를 출간하고
2003년 3월 8일 향년 83세로
경희의료원 내과 중환자실에서
영면에 들어갔다.

관람객들의 편의를 위해
조병화 문학관과
가족의 묘소(墓所), 서재, 시비,
어머니를 기리는 집인

편운재 등을 한곳에 지어
편운(片雲) 시인에 대한 총체적인 이해와
관람 기록도 남길 수 있도록
편리를 도모하고 있다.

편운 시인은
이곳 편운재에서
꿈과 사랑의 정신으로
고독과 싸우며
그의 예술혼을 쏟아냈다.

내 마음의 여유(餘裕)를 찾아

초판인쇄 2022년 12월 30일 초판발행 2023년 1월 6일

지은이 장현경
펴낸이 장현경 펴낸곳 엘리트출판사
편집 디자인 마영임
등록일 2013년 2월 22일 제2013-10호

서울특별시 광진구 긴고랑로15길 11 (중곡동)
전화 010-5338-7925
E-mail : wedgus@daum.net

정가 32,000원

ISBN 979-11-87573-36-4